Simona Sparaco

Se chiudo gli occhi

GIUNTI

Quest'opera è frutto della fantasia dell'autore.
Ogni riferimento a fatti e persone realmente esistiti è puramente casuale.

http://narrativa.giunti.it

Via Bolognese 165 – 50139 Firenze – Italia
Piazza Virgilio 4 – 20123 Milano – Italia
Prima edizione: ottobre 2014

Ristampa	Anno
7 6 5 4 3 2 1	2018 2017 2016 2015 2014

Questo libro è dedicato a chi ci crede da sempre.
Forse perché abita nel mondo delle sibille.
Carla, Claudio.
Pietro.
Grazie.

Il giorno in cui sei ricomparso nella mia vita ero al lavoro. Facevo la commessa in un negozio di fotografie al terzo piano di un centro commerciale. Un cubicolo, lungo e stretto, dove il sole era sostituito da una decina di faretti alogeni e bastava un interruttore per farlo sorgere.

La notte precedente al nostro incontro avevo fatto uno strano sogno. Ero distesa in un bosco, ombra tra le ombre, paralizzata da un terrore crescente, ma al tempo stesso sedotta da una voce che mi chiamava, remota e indecifrabile, come il canto di una sirena. Mi ero svegliata di soprassalto, pensando a te, con il presentimento che qualcosa di tremendo stesse per succedere. Puoi censurare gli affetti, ma i sogni no. I sogni vanno fino in fondo.

Quel giorno stavo sfogliando la stampa di fotografie che raccontava una passeggiata in alta montagna. Del mio lavoro, trovato per ripiego, mi piaceva solo l'idea di scrutare tra le vite di perfetti sconosciuti, un po' come occhieggiare dalla strada l'interno illuminato di una casa. Per la maggior parte, erano vacanze. Indovinavo la vita di avvocati, giudici e ingegneri in maglietta e calzoncini, con la faccia bruciata dal sole e la famiglia sottobraccio. Con Laura, la titolare del negozio, avevamo perso interi pomeriggi a cercare qualcuno che ci sembrasse davvero felice. Ma da dietro la superficie lucida della carta, cristallizzate in un sorriso artificioso, le persone mi apparivano quasi sempre vulnerabili, spaesate. Fuori luogo.

A un certo punto ho sollevato lo sguardo, l'ho spinto fino alla soglia del negozio, e ti ho visto.

Eri invecchiato e dimagrito, e avevi un sorriso incerto, nient'altro che una curva dimessa delle labbra. Come fossi anche tu l'immagine cristallizzata di una fotografia.

Laura ti ha scambiato per un cliente ed è rimasta al computer, senza poter immaginare quale fosse invece l'impatto di una tua visita sulla mia vita. Era come se all'improvviso fosse calato il buio. Come se il viavai del centro commerciale, le vetrine, i passanti, le scale mobili, persino le fotografie, tutto si fosse di colpo oscurato e avesse perso di senso. C'eri solo tu. E c'ero io. Dopo tanti anni, di nuovo faccia a faccia.

Indossavi un paio di pantaloni di lino color senape e una camicia ampia, stinta, che un tempo doveva essere stata blu, o forse grigia. Certo che puoi mettere una camicia grigia stinta tu, non ti è mai importato di quello che pensa la gente. Una volta andavi in giro con addosso i segni del gesso e dei pennelli, e se ti scambiavano per un manovale, sorridevi divertito. Poi, con il successo, la sciatteria è diventata il tuo stile. Eppure, a ogni tua apparizione, riuscivi a farmi sentire come una che ha appena ricevuto udienza; anche in quel momento, mentre ti vedevo avvicinarti al banco, con la faccia un po' più gonfia e il corpo che invece pareva quasi prosciugato.

Poi hai aperto bocca e hai detto semplicemente: «Ciao» come se non ci vedessimo da qualche giorno. Ma erano trascorsi quattro anni, e l'ultima telefonata risaliva a tre Natali prima.

Non so quali pensieri si agitassero nella tua mente, sentivo invece qualcosa che premeva dentro di me, sotto lo sterno, e che si faceva sempre più appuntito e insopportabile. Ho chinato il capo, fermando lo sguardo sulle mie mani ferme sopra il banco.

Avevo smesso di fantasticare su un tuo ritorno e non avevo più nessun copione da seguire.

«Vai via» ti ho detto in un sussurro. Ero sicura che avresti insistito. Temevo che avresti inscenato una delle tue solite performance, cercato di riconquistarmi con il tuo fascino istrionico. Pur di attirare l'attenzione, saresti stato capace di far suonare tutti gli allarmi del centro commerciale. Tu, l'uomo dei grandi ritorni, e io l'ingrata che non apprezza. Invece ti sei ritratto, come un animale senza tana. Per una volta dovevo averti sorpreso, rubandoti la scena. Sei uscito dal negozio senza quasi fare rumore, appena il sibilo sommesso delle porte scorrevoli.

Quando ho rialzato lo sguardo dal bancone, eri ormai indistinguibile, nel chiarore bianco e freddo delle luci artificiali. Ti ho visto prima confonderti nel brulicare della gente, e poi subito rimpicciolire fino alle dimensioni di un pixel. Come se il centro commerciale non fosse stato che un'enorme installazione fotografica, o un quadro di Pintaldi, e tu nient'altro che un puntino, un puntino nero.

«Viola, chi era?» mi ha chiesto Laura, scostandosi dal computer.

«Nessuno» le ho risposto, riprendendo in mano le fotografie.

Ed era così che cercavo disperatamente di immaginarti: uno sconosciuto che era entrato nel negozio per sbaglio. Uno scherzo di luce.

Invece, eri mio padre.

SE CHIUDO GLI OCCHI

«Papà, cosa succede ai bambini quando si perdono?»
«Nulla, Viola. I bambini non si perdono mai veramente.»
«Sì, va bene, ma se si perdono? Che cosa succede quando si perdono?»
«Succede che restano bambini.»

Mia figlia, Cristina, è nata con una nuvola di capelli in testa, e mio padre quel giorno non c'era.

Da che sono cresciuti, li ha sempre portati lunghi, del colore delle foglie d'autunno in una giornata di sole. Quando rientrai in casa, quel giorno, dopo l'incontro al negozio, la feci sedere sul mio letto e con meticolosità cominciai a pettinarglieli. Ricordo di essermi immersa in quel nostro rituale quotidiano come per scrollarmi di dosso la sensazione incombente di un pericolo. Con gesti lenti e ipnotici, solcavo le onde morbide dei suoi capelli, immaginando il giorno in cui lo avrebbe fatto da sola davanti a uno specchio. Il giorno in cui qualcuno l'avrebbe aspettata sotto casa per il primo appuntamento. Mi chiedevo, chissà se avrebbe avuto ancora quella vertigine sulla fronte, che a quattro anni le faceva tendere un ciuffo verso l'alto in maniera così impertinente. Chissà se l'uomo che avrebbe scelto come compagno gliel'avrebbe accarezzata tentando di domarla, come stavo facendo io con il pettine in quel preciso momento. E chissà se quell'uomo avrebbe avuto le sembianze di suo padre. Se anche lei lo avrebbe scelto per emulazione o per contrappasso.

Io e Paolo non facevamo più l'amore da tempo. Ma questo Cristina non poteva saperlo. Come non poteva sapere che lo studio di commercialista di cui suo padre era socio navigava in cattive acque. Anche se si comportava come se facesse ancora parte di uno studio prestigioso, lavorava in casa e aveva riallestito un miniufficio nella stanza accanto alla cucina. Apparentemente, però, almeno agli occhi di una bambina di quattro anni, tutto era rimasto inalterato. Facevamo colazione insieme ogni mattina, guardavamo la televisione sul divano di pelle e dormivamo ancora nello stesso letto che ci avevano regalato i suoi per il matrimonio. Eravamo una famiglia, una coppia. Solo che a stento ci rivolgevamo la parola e sotto le lenzuola non ci sfioravamo più.

Quante cose non sanno i figli.

Paolo era l'esatto contrario di mio padre. Un uomo che sapeva fare i conti, si ricordava di pagare le bollette e non dimenticava un compleanno. Un blocco adamantino di rigore e razionalità. Uno spirito pratico, finalmente, dopo quell'ubriacatura di estro, irruenza e stupore in cui ero cresciuta.

L'ultima volta che avevo visto mio padre era stato il giorno del matrimonio. Era tornato apposta da Parigi per l'occasione. Io avevo il pancione stretto nel vestito bianco che era stato di mia madre e lui uno sguardo distratto. Un attimo prima di accompagnarmi in chiesa, mi aveva detto: «Un giorno mi spiegherai cosa ci trovi in quello lì». Aveva l'alito che puzzava di birra e indossava una giacca scura di una taglia più piccola; avevo apprezzato il fatto che ne avesse trovata una. Poi mi aveva preso sottobraccio, stirandomi la manica di raso lucido, e mi aveva scortato all'altare. «Credevo di avertelo detto» aveva aggiunto all'improvviso lungo la navata. «Diffida delle gobbe e delle labbra sottili.»

In realtà la gobba, Paolo non ce l'ha mai avuta. L'aria dimessa, imbranata, quella sì. E all'inizio m'ispirava tenerezza. Quel luminoso giorno di primavera, come un naufrago, ero andata incontro alle sue sorridenti labbra sottili, tratta finalmente in salvo da un mare di assenza. Avevo venticinque anni, Cristina in arrivo, e Paolo era un uomo affidabile. Non mi ero neanche soffermata a riflettere se sarebbe stato o meno un buon marito, perché ero certa che sarebbe stato un ottimo padre.

Io e Cristina ci stavamo sorridendo dallo specchio quando il rumore della porta d'ingresso ci raggiunse. Paolo era appena rientrato, l'altra metà del suo mondo, che ora poteva infine ricomporsi dopo la lunga attesa del pomeriggio. Nulla di me, invece, rientrava con lui. Solo un fruscio di buste e le chiavi che tintinnavano sulla consolle dell'ingresso. La sua voce che chiamava mia figlia e lei che si lasciava attraversare da un fremito d'impazienza. In un istante non era più mia. Mi sfuggiva la sua coda di capelli tra le dita, la sua vertigine che così raccolta era una piccola lingua. Sapevo che suo padre glieli avrebbe sciolti, le avrebbe strapazzato la frangetta, per poi prenderla tra le braccia e farla volare per la stanza. L'avrebbe baciata facendo un suono buffo con le labbra. Le avrebbe chiesto scusa per essere rientrato in ritardo.

Nelle storie della mitologia che mio padre mi raccontava da bambina, c'era sempre questo bisogno di guardarsi negli occhi: Euridice che supplica Orfeo di voltarsi lungo tutto il tragitto verso la vita; Psiche che rischiara il talamo con una lanterna per guardare finalmente in faccia il suo Amore; Semele che brucia come una torcia alla vista di Zeus. Il bisogno di guardarsi è più forte del pericolo. In gioco c'è la vita, ma non importa. Alle tenebre si oppone sempre la luce.

Quella stessa sera stavo buttando la spazzatura nel bidone sotto casa quando vidi un'ombra che attraversava la strada deserta. Mi girai di scatto, impaurita. Una stretta mi afferrò il braccio. Mio padre, con una faccia da fantasma, era davanti a me.

«Mi hai fatto prendere un colpo!»

«Mi dispiace, Viola.» Gli occhi stanchi, di chi si è appena svegliato. «Ho bisogno di parlarti.»

«A quest'ora?» gli feci notare.

«Sì, ma non qui in mezzo alla strada. Andiamo nel mio studio.»

Sentivo il cuore palpitare, e non solo perché avessi temuto l'assalto di uno sconosciuto. Lo sconosciuto che temevo di più era lì, davanti a me, con la sua aria così familiare.

Sospirai, incerta. Poi mi guardai intorno. «Dammi il tempo di avvisare Paolo.»

«Prendi anche le chiavi della macchina?»

«Perché? Come sei venuto fin qui?»

«Con il taxi.»

«Perché non mi hai chiamato?»

«Ho solo il numero di casa, non volevo disturbare a quest'ora.»

Fu il nostro primo scambio di battute dopo anni di silenzio.

Tornai giù con le chiavi e ci ritrovammo da soli nella mia auto, alla volta del suo studio.

Anche se mi detestavo per aver ceduto, sapevo che cosa mi aveva spinto ancora una volta ad assecondarlo. Era stato il bisogno di guardarlo negli occhi, di cercare, nel suo sguardo, il padre che avevo conosciuto da bambina, il ragazzo divertente e disordinato che aveva il potere di farmi sentire sempre al posto giusto, in quella rete sicura, senza scarti, senza dismisure, che era il caos del suo mondo ai miei occhi di allora. Mi ero chiesta spesso, in tutti quegli anni, dove fosse finito, o se fosse mai davvero esistito. Se non fosse stato piuttosto un'invenzione della memoria.

Ruppi il silenzio pieno d'imbarazzo che ci avvolgeva: «Cosa vuoi da me?».

«Ho buttato via un sacco di tempo» mi rispose lui, con un tono malinconico, che non conoscevo.

«Mi sa che sei davvero in ritardo, allora.»

Inclinò la testa, volgendo il mento verso di me, con un'espressione di muto rammarico.

Il palazzo del suo studio è un ex pastificio, lo stesso dove sono cresciuta. C'era qualcosa di lacerato in quel luogo, nell'intero quartiere, e non era solo negli intonaci scrostati, nei brandelli dei manifesti, o nei binari del tram che sembravano lunghe ferite in via di rimarginazione. Gli squarci erano nella memoria della mia infanzia, annidata in ogni crepa e mattone sconnesso, nelle botteghe artigianali e nelle case a ballatoio in fondo alla strada. Al terzo piano dell'edificio c'era la nostra grande casa bianca e luminosa, con i suoi vetri smerigliati che affacciavano sul cortile interno, le colonne di ferro, il vecchio parquet che scricchiolava a ogni passo. Di sera era sempre piena di gente. Mi addormentavo ascoltando il sottofondo musicale e le chiacchiere di chi ci riempiva la casa di bicchieri vuoti e mozziconi di sigarette. Di giorno invece gli spazi assumevano un'aria più borghese, fatta eccezione per il suo studio, che assomigliava a una grotta. Entrandoci, si aveva l'impressione di aver scoperto, in mezzo a tanta polvere, i resti di una qualche civiltà scomparsa. Vi giacevano quadri e sculture che sembravano ritrarre strane creature lunari. Mia madre usciva presto la mattina e tornava solo verso l'ora di cena. Era mio padre a prendersi cura di me, con i suoi capelli lunghi, sempre spettinati, e gli scarponcini da montagna persino d'estate. Aveva imparato a gestire il suo tempo intorno ai miei bisogni, a smussare i suoi spigoli, levigarsi, ingentilirsi. Solo per me.

La mattina mi svegliava raccontandomi i miti greci, rivisitandoli, nel suo modo istrionico e letterario di dire le cose. Ricordo le colazioni arrangiate, i panini per il pranzo. Quando mi svegliava la mattina presto e mi diceva: «Oggi facciamo una cosa che deve restare un segreto tra me e te» e invece di farmi andare a scuola, mi portava a rivedere le opere di Caravaggio nascoste nelle chiese di Roma, all'aeroporto o alla stazione, per visitare una città dove c'era una mostra importante. Partivamo la mattina e tornavamo la sera. Distratto com'era, se non stavo attenta, mi poteva anche dimenticare da qualche parte.

Quando io e mia madre ce ne andammo, lui divise l'appartamento in due e tenne solo lo studio. Per anni, in quelle che erano state le nostre stanze, ci abitò un giovane artista con il suo cane pastore.

Solo quando scendemmo dalla macchina mi accorsi che aveva i pantaloni del pigiama indossati a rovescio e un maglione di lana a pelle, come se fosse scappato in preda a un impeto irrefrenabile per portare a compimento una faccenda urgente. Ma riusciva ad apparirmi elegante persino in quelle condizioni. Era per via del suo modo di muoversi, forse, di camminare. O del fatto che anche se trasandato e inaffidabile, una volta lo consideravo un essere speciale. Mi maledicevo solo per averlo pensato, adesso. E per non avere la forza di voltare le spalle e correre via.

Sgombro delle tele e delle sculture che lo avevano abitato per anni, il suo studio mi apparve come rimpicciolito, senza più la magia che ricordavo. Le pareti laterali erano bianche, una occupata da una vecchia libreria, adorna dei telai che una volta mio padre usava per comporre le sue sculture, e l'altra da un'esposizione asimmetrica di alcuni bozzetti. C'era anche il solito vecchio disegno a matita, cui da sempre era affezionato e che ritraeva una giovane donna dai capelli rossi sulla cima di una montagna, con alle spalle, in basso, il panorama di una pianura fiorita; unico esempio, tra le sue opere, di uso del colore.

Al centro della stanza, spiccavano due divani in cuoio sdrucito e un tavolino di metallo. Mio padre si sedette sul divano più grande, accavallando le gambe e le dita delle mani come un vecchio aristocratico: «Sono contento che tu sia venuta» dichiarò sarcastico.

La sua voce sembrava provenire da un luogo lontano. Si accese una sigaretta d'erba. «Ho smesso di fumare» aggiunse, aspirando la canna, di fianco a un posacenere colmo. Era il suo modo di alleggerire l'atmosfera, di farmi complice, forse, ma non abbiamo mai avuto lo stesso senso dell'umorismo, perciò rimasi impassibile di fronte al suo sorriso. Sentivo freddo.

Scrutò il mio abbigliamento anonimo e trasandato quasi con sconcerto: un maglione beige, largo, sopra un paio di pantaloni grigi; ero dimagrita anch'io, mi ero allungata in una figura spigolosa, con il volto completamente struccato e i capelli del mio colore naturale, castano chiaro con dei riflessi biondi. Per il disagio di sentirmi osservata, d'istinto me li annodai sulla nuca con le dita.

«Posso offrirti qualcosa?»

Lo guardai esterrefatta. «Ma che cosa vuoi?»

M'irritava il suo tergiversare, come il fatto che non mi avesse ancora chiesto di Cristina.

«Ci sono delle cose che devo fare» mi disse.

Alcune voci mi avevano riferito che erano ormai più di tre anni che non lavorava. Mi chiedevo cosa lo avesse spinto a rinunciare alla ricerca che lo aveva accompagnato per tutta la vita. La sua postazione era ancora lì, sotto la libreria: un sottile tavolo di alluminio e una sedia di legno, incrostata di gesso, con tutti gli strumenti al loro posto. C'erano le spatole, i pennelli, le carte abrasive, i coltelli da formatore con i manici di legno tutti imbrattati. Sembravano reperti fossili, ma come sul punto di rianimarsi da un momento all'altro, e alle sue spalle, una delle poche sculture, forse l'unica, che non aveva ancora venduto, la prima della serie di bassorilievi in gesso che ricevette più consenso. *Eikasia* era il suo nome, che in greco antico vuol dire «immaginazione».

Se ne stava appesa proprio accanto alla finestra, leggermente in ombra. Un riquadro bianco sul bianco del muro. Geometrica e al tempo stesso primitiva. Non avevo mai saputo cosa raffigurasse. C'erano due sfere lisce immerse per metà in una superficie bianca di gesso e collegate tra loro da due solchi, che scendevano diagonalmente e confluivano in una depressione trapezoidale. A seconda di come veniva illuminata, cambiava forma. Mio padre non era il tipo d'artista che forniva spiegazioni di fronte ai suoi soggetti, lasciava ai critici la libertà di interpretare, ed *Eikasia* non aveva fatto eccezione. Ma era stata il suo primo bassorilievo, nonché il grande spartiacque nel nostro rapporto.

Cominciò a lavorarci qualche anno dopo aver lasciato la nostra casa, quando ancora tornava spesso allo studio per scolpire e se ne andava solo verso l'ora di cena. La luce era sempre stata una sua ossessione e cimentarsi con un bassorilievo portava quell'ossessione a un altro livello. «Non siamo che scherzi di luce» amava ripetere, citando Medardo Rosso, e ricordo l'immagine di lui che muove una lampada intorno a *Eikasia* per mostrarmi come viveva solo in virtù della posizione della luce. Come, con un movimento appena accennato, uno spessore minimo poteva diventare un volume a tutto tondo.

Quando l'opera venne completata, io e mia madre andammo a vivere nella casa che era stata di mio nonno, e di lì a breve mio padre si sarebbe trasferito a Parigi. Facevo la seconda media. A scuola andavo bene, soprattutto in italiano, e la mia professoressa leggeva spesso i miei temi alla classe con me lì di fianco; io mi vergognavo, arrossivo fissando le fughe delle piastrelle, contando i secondi che mi separavano dalla fine. Ero così insicura che non riuscivo neanche ad approfittare dei miei successi. A casa non davo problemi, me ne stavo per lo più chiusa nella mia stanza a fare i compiti e a leggere i libri che prendevo in prestito dalla biblioteca. Mia madre aveva allentato gli impegni di lavoro, ma passava molto tempo davanti alla televisione a basso volume e il silenzio riempiva tutti i nostri spazi. Le telefonate di mio padre avevano cominciato a diradarsi e mi chiamava soltanto quando passava per Roma, ma il più delle volte si dimenticava di venire a trovarmi. C'era sempre una mostra, un'inaugurazione, un'intervista, un evento «efficace» – usava spesso questo aggettivo – o un momento di massima ispirazione che doveva cogliere senza vedere nessuno. Dopo la serie di bassorilievi inaugurati da *Eikasia*, le sue quotazioni erano salite, fioccavano richieste, esposizioni, lavori su commissione. Ma lui era inquieto, insofferente, come fosse sempre alla ricerca di qualcosa.

«Perché sei tornato?» mi ritrovai a insistere.

«Ho messo in vendita lo studio per coprire alcune spese.»

«Ed *Eikasia*? Vendi anche lei?» Pensavo alla scultura, all'ultima traccia che poteva sparire, invece che alle nostre vite ormai sconosciute. In un attimo stavo già cedendo alle malìe della sua arte.

«È tua» rispose, come se fosse la cosa più naturale del mondo.

«Non voglio niente da te.» Avevo assunto un tono rabbioso, diverso da quello distaccato, sulla difensiva, dietro cui mi ero trincerata negli anni in cui mi veniva a trovare a singhiozzo. Reagì con un'ironia senza entusiasmo: «Quando non ci sarò più» mi fece notare «probabilmente le sue quotazioni s'impenneranno. Se vorrai, potrai anche venderla».

Sentii un brivido attraversarmi la schiena. Improvvisamente mi appariva chiaro il motivo per cui aveva deciso di vedermi. I chili che aveva perso, la faccia gonfia. Capivo il perché di tutti i miei presentimenti. E se mi trovavo lì, era per il suo immenso egoismo. Non voleva rimanere solo nel momento in cui aveva realizzato che stava morendo.

Lo guardai, trattenendo il respiro: «Stai male?».

Ma lui accennò un no con il capo, stendendo le labbra in un'espressione intenerita. Si mise a giocare con l'accendino.

«Dimmelo, ti sta per succedere qualcosa di brutto?»

«Non sto per morire, no. Non sono così fortunato.»

Era la stessa risposta che mi dava quando ero bambina. Mi diceva così ogni volta che la morte saltava fuori in un discorso, anche solo quando facevo qualcosa di troppo faticoso e scherzando gli dicevo: «Oddio muoio» e allora lui mi rispondeva: «Non è il tuo giorno fortunato».

«Sto partendo» aggiunse poi, lasciandomi perplessa.

Le parole che non ci eravamo detti erano ancora lì, sospese a mezz'aria, pur continuando a gravarmi addosso, ma ripresi fiato. La sensazione di freddo sembrava affievolita.

«Devo fare un viaggio. Tornare in un vecchio posto.»

«Non mi hai mai informato dei tuoi spostamenti. Non vedo perché cominci proprio adesso» cercavo di tagliare corto.

«Vado a casa. A Montemonaco.»

Con Paolo l'Italia l'avevo girata molto. Conoscevo il Piemonte, l'Emilia Romagna, la Toscana, la Sicilia. Ma le Marche, i luoghi dell'infanzia di mio padre, ancora no. Se ne stavano appollaiati sui monti Sibillini come una remota tribù. Le sue origini erano un mosaico di cui avevo perso i tasselli. Sapevo solo che era stato il figlio unico di una ragazza madre e che aveva vissuto fino ai diciassette anni a Rocca, una frazione di Montemonaco, che non avevo mai visitato e della quale lui non parlava volentieri. Era rimasto solo al mondo, non capivo da dove potesse nascere, a più di quarant'anni di distanza, la necessità di farvi ritorno.

«Cos'è questa novità?»

«È complicato da spiegare. Vorrei che mi accompagnassi, sarebbe più efficace.»

Sotto le palpebre appesantite, i suoi intensi occhi a mandorla erano diventati vaghi, intraducibili. Ma era la prima volta che mi metteva a parte di qualcosa di così intimo: «Sono tante le cose che non sai di me» ammise piano. «Si tratterebbe solo di qualche giorno. Potrei risolvere la questione in breve tempo.»

«Quale questione?»

«Te l'ho detto, è complicato. Se vuoi, te lo spiego strada facendo.»

Cristina, Paolo, tutti i nostri problemi, che da quando ero scesa a buttare la spazzatura si erano eclissati, in un attimo riapparvero davanti a me. La voce che sentivo dentro somigliava a una richiesta, chiara, precisa: «Non ci andare». Mi animava un moto di rancore stratificato, anche se una parte di me avrebbe voluto accettare subito quello strano invito.

«A quanto pare non sembra interessarti, ma io ho una figlia, e non posso prendere e partire così.»

«Lo so» scosse la testa, deluso. «Ma non saranno pochi giorni ad allontanarti da lei.»

«È vero, tu ti sei preso molto più tempo.» Cercai di inchiodarlo, di minare la sua sicurezza: era abituato ad apparire e sparire dalla mia vita, e a ritrovarmi sempre disponibile.

Forse avevo colpito il bersaglio, perché non replicò. Ancora una volta si rinfilava nella sua tana, nel suo piccolo e indecifrabile mondo, come avrebbe fatto un bambino, quando invece era mio padre e avrebbe potuto comportarsi come tale e tendermi una mano, per una volta. «Bene, non credo ci sia altro da aggiungere» dissi, e mi alzai con uno scatto in direzione della porta.

«Aspetta» mi venne dietro. Me lo ritrovai alle spalle. Sentivo che voleva dire qualcos'altro, ma a quel punto non gliene lasciai il tempo. Percepivo l'odore del suo dopobarba, l'essenza di patchouli che usava da quando ero bambina, ma più acre, come diluito nell'aceto. Per un attimo immaginai che, voltandomi, lo avrei ritrovato ragazzo, con i capelli più folti e lunghi, le mani e la barba sporche di gesso. «Fai buon viaggio» mi limitai a dirgli, uscendo dall'appartamento.

«Se cambi idea, ti aspetto venerdì alle dieci.» La sua voce era di nuovo ferma, perentoria, quasi rianimata. Lui, che aveva sempre vissuto senza orologi, ora mi dava degli orari. Una sorta di sfida.

Potevo voltarmi, guardarlo negli occhi, ma non lo feci. Ero Orfeo e speravo continuasse a seguirmi, ma quando mi chiusi il portone del palazzo alle spalle, ero sola. Non ero riuscita a riportare in vita Euridice, l'avevo lasciata all'inferno.

«Tu, papà, hai sempre le mani e i vestiti sporchi, come i muratori che costruiscono le case, però non costruisci niente.»
«Hai ragione, Viola. Io non costruisco niente. Mi accontento di inventare. Alle volte è più efficace.»
«Allora non ti dispiace se anche io invento e a scuola dico che fai il muratore?»
«No, se ti fa stare bene. Però ricordati: questo non è inventare.»
«E che cos'è?»
«Mentire.»

Nei giorni successivi al nostro incontro, i miei sonni tornarono a essere disturbati, e ripiombai con la memoria negli anni dell'infanzia. Mi tornavano in mente cose che credevo dimenticate, come Mister Brady, uno straccetto di stoffa con le orecchie di cane cucite e il muso disegnato sopra. C'era stato un tempo in cui mi addormentavo solo in sua compagnia, perché tenerlo stretto al petto allontanava ogni timore.

Ricordo che l'ultima notte di mio padre in casa nostra, Mister Brady si era cacciato sotto il letto e non riuscivo più a trovarlo. Se non fosse stato per quell'animaletto di stoffa, non avrei mai assistito all'ultima lite dei miei genitori.

Mia madre in quegli anni era molto impegnata. La ricordo poco, sempre distratta, sempre di fretta. Si stava affermando come gallerista. Mio nonno era stato un influente critico d'arte e lei la sua unica figlia. Nonostante l'impegno totalizzante per promuovere le opere di mio padre, non si prese mai alcun merito per aver contribuito alla sua affermazione come artista, nemmeno negli anni del rancore e della disillusione. In questo ebbe sempre un invidiabile, apparente equilibrio. Forse era il suo modo per disconoscerlo, per fingere che non fosse mai esistito.

Quella notte, però, furono le sue grida a strapparmi dal letto e ad attirarmi fino alla porta del corridoio.

La vidi scalza e spettinata, con il trucco sfatto. Sembrava che avesse appena fatto una corsa. Come se, in quell'eccesso d'ira, la bocca, gli occhi, il viso tutto le si stesse deformando. Nei vent'anni successivi non l'ho mai più vista in uno stato simile.

Sostava sulla soglia della cucina e teneva in mano un coltello. Un piccolo coltello da portata. Sentii il sangue colare dalla testa fino a gelarmi le guance. Anche mio padre deve aver pensato a qualcosa di terribile, altrimenti non le si sarebbe lanciato addosso nel tentativo di disarmarla. Lei era fuori di sé. Ma non credo avesse intenzione di ferirlo. A un certo punto riuscì a divincolarsi dalla sua presa e a correre nello studio. Entrò cercando affannosamente qualcosa. Si volse a una delle sue opere, l'ultima, ancora incompleta. Era la sagoma filiforme di un corpo in posizione fetale, e mia madre la guardava come se fosse viva. Il petto le si gonfiava e sgonfiava, sembrava sul punto di esplodere. Mio padre invece si muoveva piano, aveva l'aria incerta di un funambolo. Non tentò nemmeno di fermarla quando la prima coltellata colpì la sua scultura. Non potevo vederla in faccia, ero riuscita ad aprire la porta del corridoio e a entrare nel soggiorno, ma non ero stata capace di spingermi oltre. Mi bastò scorgere le loro ombre per capire che le coltellate di mia madre volevano affondare nel gesso come su un cuore pulsante. E intanto urlava: «Dov'è? Dov'è?» e aveva un tono implorante. Era evidente che stesse cercando qualcosa. Ma non ho mai chiesto né capito che cosa non riuscisse a trovare lì dentro.

Alla fine si arrese. Lasciò cadere il coltello e si accucciò sul pavimento, singhiozzando come una bambina. Mio padre si chinò al suo fianco e le racchiuse il viso tra le mani. Poi, sorpresi da un fruscio, si voltarono entrambi nella mia direzione, oltre la soglia del soggiorno. Si accorsero prima di me della pozza che avevo sotto i piedi, tra le gambe. Non avevo sentito il liquido caldo colare attraverso i pantaloni del pigiama. Soltanto, all'improvviso, avevo cominciato a tremare.

Si ricomposero, insieme, come due attori in scena di fronte al richiamo del regista, e di tutto quello che venne dopo, ricordo solo mia madre che mi cambia il pigiama e mio padre che cerca Mister Brady nella mia stanza.

«E se fosse scomparso?» gli chiedevo, mentre mamma mi rimboccava le coperte.

«Non è così.»

«Sei sicuro? Come fai a saperlo?»

«Mister Brady se ne andrà solo il giorno in cui tu ti dimenticherai di averlo. E quel giorno, forse non te ne accorgerai neanche, perché sarai diventata grande.»

Aveva un'aria esausta che rendeva fiacco e inconsistente qualsiasi tentativo di conforto, ma quelle parole mi rimasero impresse. Un attimo dopo, mi sentii investire da un senso di precarietà opprimente, e anche quando lui si piegò in ginocchio per infilarsi sotto il letto e tirarlo fuori di lì, e mi rimboccò le coperte, quella sensazione mi restò addosso, insieme a Mister Brady, a stringermi il petto.

«Resti anche tu finché non mi addormento?»

Guardavo una lampadina che era sul punto di fulminarsi e quella lampadina erano gli occhi di mio padre. Mi addormentai così, la mano stretta nella sua, e mi svegliai che era già giorno, con il rumore della porta dell'ingresso che si chiudeva. Un rumore che mi diede la consapevolezza definitiva e totale di come sarebbe andata la mia vita da quel momento in avanti.

Avevo solo otto anni, ma sapevo già che se mio padre avesse lasciato la nostra casa, se ne sarebbe andato con qualcosa di mio che nessuno mi avrebbe più restituito.

La mattina in cui presi la mia decisione, fu Cristina a svegliarmi. Era corsa nella nostra stanza per mostrarmi un disegno.

Doveva aver preso dal nonno, perché era brava a disegnare. Già da più di un anno i suoi scarabocchi erano figurativi. Su quel foglio c'erano quattro omini colorati. M'indicò il più grande come la fatina di Pinocchio. Aveva una gonna larga, azzurra, e uno strano arnese in mano che mi spiegò essere un cucchiaino con il campanello sul manico. Sì, come quello della signora Minù, il cartone animato che avevamo visto insieme alla televisione e che era la replica di una serie della mia infanzia. Minù era una vecchia signora che, grazie al cucchiaino magico che teneva sempre con sé, aveva il potere di diventare piccolissima e di esplorare mondi da un'altra prospettiva.

«Allora è la signora Minù,» le feci notare «non la fatina di Pinocchio.»

«Tutte e due.»

Gli altri omini nel disegno eravamo io, lei e Paolo, stagliati sulla superficie bianca, sospesi in uno spazio senza coordinate. La fata era più in alto rispetto a noi. Paolo teneva per mano sua figlia, mentre io me ne stavo in disparte. Ero il più scarabocchio di tutti, riempito grossolanamente con un pennarello grigio. Mi mancavano gli occhi e la bocca. Era così che mi vedeva mia figlia?

Qualcosa dovevo pur dirle: «Che c'entra la fatina di Pinocchio con noi?».

«La fatina Minù.»

«Sì, la fatina Minù. Che c'entra?»

«Tutti dicono bugie.»

Sentii la sua risposta bruciarmi in faccia, come uno schiaffo. Non le dissi neanche se mi era piaciuto o meno il disegno, mi alzai dal letto e mi rifugiai in bagno.

Allo specchio sembravo sfiorita. I capelli opachi, gli occhi chiari erano piccoli e gonfi. Mi sfilai il pigiama e sopra il lavandino vidi la mia schiena riflessa nello specchio dell'armadio che Paolo aveva dimenticato aperto. Quel tatuaggio incompleto a forma di serpente sulla scapola sinistra che così poco mi si addiceva. Quella stupida provocazione adolescenziale di cui mi vergognavo e che mi ricordava mio padre. Come se fosse stato lui, e non io, a marchiarmi la pelle con la sua assenza. Mi venne l'espressione di chi, davanti a una commissione d'esame, prova a mettere ordine nella memoria in cerca di una risposta, di una parola. Mi resi conto che non l'avrei trovata nello spazio afoso e angusto di quel bagno, anche se tutto era come e dove era sempre stato. Le mie creme allineate con cura sulla mensola. Il mio spazzolino accanto a quello di mio marito. La saponetta scivolata nel lavandino e il solito fastidio nel notarla. Sentivo che avrei dovuto interrogare la faccia ferma nello specchio, rovistarci dentro, come in un vecchio baule. Mio padre e mia madre erano mescolati insieme in quello sguardo. Le loro famiglie, la loro storia. Ma di chi era veramente quella faccia?

Nella realtà dei fatti, ero figlia di due solitudini. Non avrei saputo dire se sentirmi parte di qualcosa di più grande, rivedermi attraverso la lente di una tradizione, di una casa piena di parenti con abitudini consolidate, avrebbe fatto una qualche differenza negli anni della formazione, negli anni in cui mi sentivo materia nuda, esposta, come il gesso delle sculture di mio padre, fatta di acqua e polvere. Un'opera incompleta, in balìa della luce, modellata alla cieca. Sapevo solo cosa avevo visto in Paolo prima, e in Cristina poi: un rifugio, una compiutezza necessaria a rendermi insensibile agli scherzi di luce, perché da qualsiasi parte o angolazione mi fossi guardata, almeno ora ero una moglie, una madre. Ma quel giorno, a restituirmi lo sguardo, dallo specchio, c'era una donna ancora giovane, carina nel complesso, eppure trasparente.

Per strada, al supermercato, nei negozi, nessuno mi guardava più. Forse anche per via di come mi vestivo. Anche quel giorno avevo optato per una maglia color tortora, che avevo comprato in un negozio del centro commerciale chiedendo espressamente una large, e per un paio di pantaloni di velluto blu vecchi di tre anni. Non ero tanto diversa dalla sagoma grigia nel disegno di mia figlia. E fu in quel momento che presi la decisione di partire. Perché sapevo che se fossi rimasta avrei continuato a sciogliermi, a colare via come un orologio in un quadro di Dalí.

Era venerdì. La mia telefonata doveva averlo svegliato. Con la voce impastata di sonno e di stupore, mi rispose che saremmo potuti partire anche con la mia macchina. Accettai con insofferenza: quell'affermazione mi appariva più una dimostrazione di opportunismo che di gioia per la mia chiamata, e chiusi la conversazione che mi tremavano le mani.

Poi inviai un messaggio a Laura, sul cellulare del negozio, telegrafico: «Un'emergenza. Devo partire per qualche giorno». E infilai qualche vestito alla rinfusa in una borsa. Dovevo fare in fretta, temevo l'assalto di un ripensamento.

A mia madre non diedi neanche il tempo di replicare. Al telefono le dissi semplicemente che dovevo accompagnare papà nelle Marche, ma sapevo che il solo nominarlo l'avrebbe turbata.

«È in Italia? Ma quando l'hai visto?»

«Ti spiego con più calma. Ora devo andare.»

«Tu devi essere impazzita» mi bisbigliò Paolo tra i denti, dopo avermi trascinato in un angolo fuori dalla cucina, dove Cristina stava intingendo i biscotti nel latte. «Che cosa c'entra tuo padre adesso? Ti sembra il momento di piantarci in asso?»

«Devo proprio andare.»

«No, tu non devi andare da nessuna parte. Non gli devi niente a quell'uomo. E poi che cosa dovresti andare a fare?»

«Te l'ho detto, è una cosa che riguarda l'eredità di mia nonna.»

In realtà, anche se non l'avevo mai conosciuta, immaginavo fosse morta senza aver lasciato neanche un rudere. Ma a Paolo l'avevo messa in questi termini, sperando che la prospettiva di un guadagno potesse ammorbidirlo.

«Chi ci pensa a Cristina in tutto questo?» Aveva gli occhi ancora assonnati, ma la barba perfettamente rasata. Una figura alta e dinoccolata piombata sulla mia casa da un altro pianeta dove il tempo procedeva a rilento. Era in giacca e cravatta come se fosse pronto per andare allo studio. Era così che affrontava le giornate a capo di quell'ufficio di cui era contabile, segretaria, pony express. Conoscevo il suo stato d'animo, la fatica che faceva ogni mattina quando si attaccava al computer in cerca di una soluzione, e quella che avrebbe fatto per gestire Cristina, la casa e il lavoro senza di me, ma non riuscivo a provare pena per lui, né preoccupazione per quello che sarebbe potuto succedere, avvertivo solo una profonda insofferenza.

«Si tratta solo di un weekend» provai a rassicurarlo. «Mia madre ti darà una mano.»

«Quand'è che imparerai a dirgli di no? Che cos'altro deve fare perché tu capisca che non glien'è mai importato niente?»

Sbattei la porta dell'ingresso come fosse uno scudo contro le sue parole taglienti. Con una mano tenevo Cristina, con l'altra il dito premuto sul pulsante dell'ascensore sperando di mettergli fretta. Non sopportavo quelle irruzioni così superficiali in un rapporto che non si era mai sforzato di comprendere. Non sopportavo che avesse ragione.

«Dove va mamma?» mi chiese mia figlia una volta in macchina.

Parlarle di un nonno che non aveva mai conosciuto non avrebbe avuto molto senso. «Devo partire per un viaggio. Vado a cercare una cosa che ho perso.»

Provai a raccontarle una storia, come faceva mio padre con me quando avevo la sua età. Così, mentre la portavo all'asilo, le dissi di una lista di desideri che avevo scritto da bambina e che era andata perduta nella casa di una vecchia zia. Non ero così brava a raccontare storie, forse non avevo mai avuto il suo talento, e alle domande di Cristina sulla vecchia zia, su quale fosse lo scopo di avere una lista di desideri, tentennavo, non ero convincente.

Era la prima volta che la lasciavo sola, la prima volta che mi assentavo da quando l'avevo messa al mondo. Ma sentivo che se non mi fossi spinta fino in fondo, avrei rischiato di portarle via qualcosa d'importante.

Dopo averla lasciata all'asilo, uscendo dall'edificio, davanti alla macchina, trovai mia madre ad aspettarmi.

Si vedeva che era uscita da casa di corsa. I capelli biondi dimenticati sciolti sulle spalle, il cappotto infilato male, i pantaloni arricciati sopra un paio di stivaletti. Quel giorno mi apparve anche scontrosa.

«Ho dovuto rimandare un impegno che avevo preso da tempo.»

Probabilmente non era vero. La galleria aveva chiuso da anni, lei non lavorava più, e pur avendo un nuovo compagno, poteva contare su molto tempo libero. Era come se ormai si fosse rassegnata a una vita di passioni più miti. Come se, lontani dal tocco prodigioso di mio padre, fossimo diventati tutti normali, ordinari. Dimenticabili.

«Mi dispiace disturbarti.»

«Sei come lui a volte. Devi fare come ti gira.»

La vidi anche più vecchia. «Hai il trucco sbavato.»

Non avevo voglia di difendermi. Le passai un dito sullo zigomo, a cancellare quella virgola di mascara ribelle. Le rughe intorno alla bocca le conferivano un'aria tesa e amareggiata, l'aria di chi non si è mai sentita amata come avrebbe voluto. Era evidente che l'idea di lasciarmi partire sola con mio padre la mettesse a disagio. In fondo, quel che restava del suo matrimonio era una guerra ancora aperta, non tanto diversa da tutte le guerre che vedono coinvolti genitori e figli. Ci si divide in squadre o si cerca di tenere qualcuno ai margini. E mia madre e mio padre l'avevano fatto con me.

«Ti chiedo soltanto un favore. Non raccontarmi niente quando torni.»

Mi stava osservando, ma non riuscivo a sostenere il suo sguardo.

Feci cenno di sì con la testa. «Lo accompagno solo a sistemare alcune cose. Si tratterà di pochi giorni.»

Non avevo mai voluto dichiararmi apertamente sua alleata per paura di poterla tradire un giorno.

«Sistemare cosa? Ti ha chiesto dei soldi?»

Ecco, non aveva resistito, si era lasciata andare.

C'era un tempo in cui lei avrebbe potuto risolvere i problemi economici di tutti, ma anche quello era finito. Non aveva mai recriminato su ciò che aveva perso in termini economici quando la galleria aveva chiuso, ben dopo la separazione da mio padre. Gli anni Novanta avevano segnato un cambiamento di marcia nel mondo dell'arte: dopo la grande attenzione rivolta alla pittura, l'interesse si era spostato su aspetti concettuali e contestuali, dando vita a opere distanti dall'universo artistico in cui mia madre, e mio nonno prima, si erano formati. Lei non era stata al passo, e probabilmente neanche gliene importava più. L'unica vera privazione che sentiva di aver subìto era l'amore. Si era accontentata di un altro uomo, un insegnante del liceo, qualcuno da assoggettare, il compagno che non poteva tirarle brutti scherzi e che non aveva statue nascoste negli armadi. E segreti dentro alle statue.

«Mamma, sei sicura che posso lasciarti con lui?» le avevo chiesto quando ero andata a vivere con Paolo e il mio posto in casa era stato preso da quell'anonimo professore che passava i pomeriggi a correggere i compiti in classe degli allievi.

«Stai tranquilla, ho imparato a stare da sola. Non potrà essere peggio.»

«E io? Io non ero con te in tutti questi anni?» avevo protestato, ben consapevole di quanto in realtà fossimo state ognuna per i fatti propri anche quando stavamo ore nella stessa stanza.

«Non essere sciocca. Una madre e una moglie non sono mai la stessa cosa, Viola. A volte neanche la stessa persona. Ricordatelo» mi aveva ammonito severa.

Aveva conservato il piglio autoritario e mascolino di chi è abituato a detenere un ruolo di potere, anche se con mio padre, in questo senso, era stata una battaglia continua. Anche quel giorno mi guardava con il mento all'insù, l'espressione fiera. Sapevo che non si sarebbe accontentata delle mie parole, che pretendeva di più, ma era incapace di insistere, di fare altre domande. Parlare di lui, come degli affetti in generale, non ci era mai venuto naturale e non potevamo certo cominciare quel giorno.

«Non mi ha chiesto niente» le dissi. «Lasciamo le cose così, ci faremo tutti meno male» aggiunsi, rivolta quasi più a me stessa che a lei.

Poi accesi il motore, e lei rimase in silenzio.

«Mi aiuti tu con Cristina?»

«Di' a Paolo che oggi passo a prenderla io.»

Per la prima volta mi apparve quasi disorientata. A spiazzarla, l'idea che stessi mollando tutto per seguirlo in mezzo al nulla. Mio padre era l'abisso sul quale da tempo aveva smesso di affacciarsi, e non era preparata a saperlo di nuovo al mio fianco.

«Mi raccomando, mamma.»

Un istante dopo la vidi rimpicciolire nello specchietto retrovisore, diventare una figura di vapore, una nube sfilacciata. E in quel momento, per la prima volta, ebbi la netta sensazione che la stessi tradendo.

Dopo che lo avevo aspettato per quasi dieci minuti davanti al portone, mio padre spuntò fuori dal palazzo dietro un paio di occhiali scuri a goccia, con un borsone di cuoio in spalla e una sciarpa bianca intorno al collo. Mi guardava, ma senza vedermi veramente.

«Ho letto che lassù ci sarà bel tempo.»

Lo salutai ostile, mentre si accomodava sul sedile. «Il serbatoio è mezzo vuoto e non ho soldi con me.»

«Fermati alla prima colonnina» ribatté, alzando le spalle. Quello era l'ultimo dei problemi per lui.

Si tastò la tasca un paio di volte per controllare di avere il portafoglio, lo prese e si mise a curiosare dentro, come se non fosse suo, facendo scivolare qualche scontrino sul tappetino, accartocciandone qualche altro. Poi tirò fuori il passaporto e rimase a fissare la foto.

«È incredibile, il tempo cambia tutto. Questo non sono io.»

Scosse la testa, con un velo di nostalgia, completamente concentrato su se stesso.

È vero, non era lui, ma lo era più che mai. Io non esistevo.

Mi sono chiesta perché mai avessi accettato la sua proposta. Era una domanda che in passato mi ero fatta mille volte in altre occasioni.

Ancora non potevo immaginare la risposta: i giorni che ci attendevano oltre il cruscotto stavano per precipitarci addosso come una frana in alta montagna, e avrebbero spazzato via tutto.

«Papà, io da grande voglio scrivere.»
«Davvero?»
«Sì, voglio inventare un mondo nuovo e riempirlo di Ulissi, Polifemi e Meduse.»
«E poi?»
«E poi ci andiamo insieme, quando ci va.»

«L'odore di benzina mi ha sempre messo i brividi. Non l'ho mai sopportato, eppure non posso fare a meno di aspirarlo fino in fondo.» Si riempì i polmoni fin quando un colpo di tosse non gli ruppe il respiro.

Se ne stava seduto sul sedile accanto al mio, nella mia Punto rossa. Un maglione slentato, i capelli grigi e arruffati, le mani grandi e nodose, incrociate a guscio sulla pancia, e lo sguardo perso sulla serpentina di automobili oltre il finestrino. Così vicino che avrei potuto anche abbracciarlo. Mi chiedevo, invece, se piantargli un tamburo di pugni sul petto. Forse, schiaffeggiarlo avrebbe placato la mia rabbia. Di certo, in un modo o nell'altro, quello che mi mancava era il contatto fisico.

La Salaria, a quell'ora della mattina, era congestionata dal traffico, ma raggiungere il raccordo non sarebbe stato difficile quanto ritrovare la via della confidenza.

«Il meteo, la benzina, che dici, potremmo parlare anche dell'inflazione per recuperare questi ultimi anni, eh?» lo sfidai, rimettendo in moto.

Spalancò gli occhi come se avesse visto un UFO al volante invece di sua figlia: «Lo sai che non sono bravo a parlare con le donne...». Esattamente la frase che mi diceva da adolescente: un alibi? Una convinzione? Dopo la mamma, ne aveva avute diverse, anche giovanissime, e nelle occasioni in cui lo avevo incontrato in coppia mi era sempre apparso distratto, silenzioso. Dava quasi l'impressione di considerarle accessori. Negli anni me l'ero figurato una specie di Zeus alle prese con ninfe e ninfette per il puro piacere della conquista. Un dio nell'edificare incertezze, sottrarre futuri, mandare fuori di testa.

«Dici che avrei dovuto nascere maschio per avere un rapporto con te?»

Incassò la provocazione senza replicare, sembrava disarmato.

Allungò la mano indicando un punto oltre il parabrezza.

«Fermiamoci. Abbiamo bisogno di un caffè tutti e due.»

Davanti al bancone del bar, mentre un tizio con i capelli bianchi ci metteva di fronte due tazzine, mi domandai se qualcuno potesse notare in noi una qualche somiglianza. Io la versione giovane di mia madre, minuta, con i lineamenti delicati, la pelle chiara e sottile; lui alto, scuro, il naso imponente, le labbra carnose. Fisicamente non ci eravamo mai assomigliati, e ormai avevo la sensazione che fossimo spaiati, definitivamente, come quelle carte da gioco che insieme non fanno un punto.

«Due, vero?» mi chiese affondando il cucchiaino nella zuccheriera.

«No, grazie, lo prendo amaro.»

«Ma se per te era peggio del veleno il caffè amaro!»

«L'hai detto tu, il tempo cambia le cose.»

Abbassò lo sguardo, scuotendo il capo.

«Non sempre in meglio. Non sempre in meglio.»

Quando tirò fuori il portafoglio per pagare, mi sentii a disagio. «Perché sono qui?»

Rispose senza ironia, con quel candore infantile che era parte del suo fascino, ma che aveva anche il potere di esasperarmi: «Per prendere un caffè».

Lo bevvi in un sorso, scottandomi la lingua, e tornai in macchina.

Mi raggiunse poco dopo, con una confezione di patatine al formaggio e una bottiglietta di Coca-Cola.

«Non so se ti piacciono ancora. A me sì.»

Entrò sfilandosi la giacca, la buttò sul sedile posteriore e richiuse rumorosamente lo sportello.

«Chissà cosa si prova ad avere i gusti di un bambino anche a sessant'anni.» Era più forte di me, non riuscivo a evitare di punzecchiarlo a ogni parola: la mocciosa stizzita ero io.

«Magari si potessero conservare per sempre, altroché.»

Tirò fuori la cartina stradale dal vano portaoggetti. La macchina ondeggiava a ogni suo minimo spostamento. Per sfogliarla, la dispiegò tutta, con movimenti goffi e invadenti, finendo presto per stropicciarla.

«Non la conosci la strada?» gli domandai, infastidita.

«È una vita che non ci vado.»

Tornammo di nuovo al silenzio. Mentre studiava la cartina, superammo un'area di servizio. Di lato s'intravedeva una piazzola dove le macchine erano parcheggiate a incastro.

«Tu come stai?» a un certo punto mi chiese.

Avevo atteso troppo a lungo quella domanda e ora m'irritava.

«Come vanno le cose con tuo marito? Quel negozio dove lavori… almeno ti pagano abbastanza?»

Gli risposi in modo brusco: «Paolo è pieno di debiti e il mio stipendio da fame ci è comunque indispensabile per arrivare alla fine del mese. Il denaro è una gabbia di cui non vedi le sbarre, giusto?».

Non so perché glielo dissi. Non volevo niente da lui, ma il

progetto di ferirlo passava anche per quella via. Ammettere i miei fallimenti era un modo per farlo sentire in colpa.

«Hai studiato letteratura, ti sei laureata, una volta eri una sognatrice. Pensavo che ti avrei ritrovata giornalista o scrittrice...» Era uno strano stupore il suo, simile più a una forma di interesse antropologico che alla preoccupazione di un padre.

«Tu vivi fuori dal mondo» lo interruppi. «Ai tuoi sogni è andata bene. Altri tempi, forse. E poi avevi mia madre, mettiamola così.»

Ero riuscita a toccare un nervo scoperto, ma si trattenne dal rispondermi. «Non parlare di cose che non conosci» si limitò a dirmi, come faceva quando ero una ragazzina e andavamo avanti a provocazioni senza mai avere il coraggio di uscire allo scoperto. Ancora una volta cercava la via della conciliazione, dell'offerta di aiuto tardiva: «Posso darti una mano» ripeté. «Potresti vendere le opere che sono rimaste e rimetterti in corsa, proseguire per la tua strada.»

Contemplai l'ipotesi per un momento. Potevo ancora tornare indietro, prendermi *Eikasia*, venderla al primo acquirente e rimpossessarmi della mia vita, mandare al diavolo la sua, con le sue questioni da risolvere, senza farmi scrupoli, come lui non se ne era fatti con me. Invece continuai a guidare, prendendo una curva troppo stretta.

«Mi piace viaggiare con te» sospirò dopo un altro breve silenzio, con un'alzata di spalle. Per una volta non diede solo l'impressione di voler svicolare, parve sincero.

«Se vuoi guido io. In Francia, quando non me ne sto a casa, finisco per prendere sempre la corriera, è più comodo. Ma qui mi è venuta voglia di rimettermi al volante.»

«Magari più tardi, se mi stanco.»

Mi sembrò un bambino vecchissimo, sorpreso dall'amara

felicità di aver ritrovato il giocattolo che aveva perso e dal timore che non sarebbe durato. Immaginai un tempo in cui io e mio padre, ormai privo di memoria, avremmo girato in macchina ininterrottamente, senza un prima e senza un dopo. Bastavo davvero io a tenere i fili della sua storia? Mi rendevo conto che sapevo così poco di lui, non sarei stata capace di raccontare al mondo niente di più di quanto avrebbe potuto fare un biografo. Alla fine, padri e figli, ci ritroviamo troppo spesso a essere solo biografie gli uni per gli altri: una serie di date, compleanni, ricorrenze, luoghi, corsi di studi, ecco cosa possiamo raccontare sul nostro conto, non molto di più. E mio padre non si ricordava del tutto neanche quelli; al diciottesimo compleanno mi chiamò per gli auguri solo qualche giorno dopo, salvo poi arrivarsene con l'iscrizione alla scuola guida in regalo.

«La mia prima guida l'ho fatta con te, ricordi? Hai insistito perché prendessi la patente il prima possibile.»

Sorrise. «Una donna deve sempre poter scappare.» Si fece serio, e mi guardò. Non sopportavo che gli fossero bastate poche ore per scavarmi dentro e scoprire di quanti rimpianti mi sentissi prigioniera.

Un sole malaticcio bucava la foschia e noi stavamo lasciando la città. Fuori dal finestrino si diradavano i palazzi, i semafori, i cavalcavia, mentre nella mia piccola utilitaria c'erano già patatine sparse ovunque, caramelle, fazzoletti. Era la prima volta che mi allontanavo senza sentire la voce acuta di Cristina che si lamentava per la fame, il freddo, il sonno, e senza l'indifferenza di Paolo alla guida.

Al casello di Fiano Romano, un grosso camion ci spuntò davanti a rallentare il passo. L'impossibilità di procedere mi spinse a riprendere la conversazione.

«Vivi ancora a Parigi?»

«Mi sono trasferito a Valensole, in Provenza, dove la lavanda ogni estate colora il suo altipiano di viola e sembra di vedere il mare al tramonto.»

Non aveva perso la capacità di creare immagini con le parole. Mentre proseguivamo in direzione di Rieti, aggiunse anche che avrei dovuto visitarla un giorno, portarci Cristina. *Tua figlia*, disse in realtà, per non ostentare la confidenza immeritata di chiamarla per nome. Secondo lui, quello era un posto magico dove crescere un bambino.

«Non l'hai ancora conosciuta» lo interruppi. «Ha quattro anni, lo sai?»

Rimase zitto, la faccia assorta, da un'altra parte.

I quattro anni di Cristina avevano coinciso con la sua eclissi. Come se qualcosa, in quel periodo, l'avesse spinto ad arrendersi. Nessun tentativo di riavvicinarmi, come aveva fatto in passato, nonostante si fosse ritrovato spesso davanti un muro, un'adolescente inquieta e aggressiva che gli rispondeva a monosillabi. Tracce di quella ragazzina erano ancora presenti nel mio tono e nei miei atteggiamenti, ma diluite in una profonda stanchezza, inedita ai suoi occhi: «Dovrei fermare la macchina, non so perché continuo a darti retta» gli dissi. «Si può sapere il motivo di questo viaggio? Che cosa c'è a Montemonaco di così importante?»

«Nei monti Sibillini» specificò lui, come se enfatizzare la destinazione in qualche modo fosse già una risposta. «Sai chi sono le sibille?» mi chiese poi, con uno strano tono, intimo e al tempo stesso impaziente.

«Arriva al punto, Oliviero, ti prego.»

Chiuse gli occhi un istante, infastidito. «È un mondo antico, pieno di leggende. Magico.»

Sembrava l'incipit di una delle sue storie. Mai come in quel momento avevo invece bisogno di fatti, risposte univoche, ma continuai ad ascoltarlo.

«Le donne che appartengono a quei luoghi» mi disse «sentono e vivono diversamente. Sono loro le sibille. Sensitive, veggenti o semplici matriarche. Donne come la tua bisnonna, che era una conciaossa e che sapeva vedere oltre le cose. È nella loro terra che stiamo andando.»

Il sole si era fatto coraggio e illuminava un campo di granturco striato da lingue di fango. Nello scenario che si srotolava fuori dal finestrino, oltre il guardrail, spuntavano anche delle cascine abbandonate, un filare di pioppi. Poi il buio di una galleria si mangiò tutto. E sotto la luce dei led che ci illuminava a singhiozzo, gli chiesi: «Mi vuoi dire che cosa stai cercando?».

«Devo trovare una donna» mi rispose, candidamente.

E quelle parole mi riportarono bruscamente indietro, agli anni delle insicurezze, della gelosia. «Fammi capire,» gli dissi soffocando una risata nervosa «ho lasciato a casa mia figlia per accompagnarti a cercare una delle tue amanti? Dimmi che non è vero.»

«Non è quello che stai pensando.»

Aspettai di raggiungere la luce in fondo alla galleria, per poi rallentare di colpo e fermare la macchina nella prima piazzola di soccorso. Sospirai, buttando il capo all'indietro contro il poggiatesta. «Perché mi hai chiesto di venire?»

«Vuoi o non vuoi che ti spieghi?»

«Spiegare cosa? Tutta questa strada per raccontarmi una storia d'amore tardiva? Una ragazzina magari… E io cosa sono, il tuo autista?»

A quel punto scosse il capo, arreso: «È solo colpa mia se non sai chi sono».

Il clacson di un TIR, che ci fece sbandare superandoci, riportò qualche istante di silenzio. Poi mio padre riprese a parlarmi: «Ho amato per tutta la vita una donna soltanto» mi confessò. «E quella donna non era tua madre.»

Non sapevo come reagire a quella resa improvvisa. La rabbia, il desiderio struggente, il bisogno di spiegazioni, tutto ciò che avevo provato non mi aveva preparato a quel momento. Ingranai la marcia e spinsi sull'acceleratore.

La strada si snodava davanti a noi come il dorso lucido di un serpente. Le gallerie ci mangiavano e sputavano a ritmo costante. Sentivo il suo respiro rumoroso che si alleggeriva al mio fianco. Eppure, c'era fierezza nel suo sguardo, come se stesse rivendicando un diritto: «L'ho amata moltissimo, Viola» continuò. «Potrei ridurre tutta la mia vita alla nostra storia d'amore e morire con un solo rimpianto.»

Aveva una voce roca, disperata, che per un attimo riuscì a incantarmi. Era la prima volta che mi parlava in quel modo.

«La conosco?»

Il suo sguardo si perse ancora, come spaesato in una fioca fissità.

«È da lei che stiamo andando?»

Lasciò passare un lungo istante prima di riaprire bocca, poi sbatté un paio di volte le palpebre. Si passò una mano sulla fronte e tornò alla realtà.

«Ho ferito le persone che ho amato di più» ammise. «Ma il mio rimpianto più grande è quello di non essere mai stato sincero con te.»

L'abbandono non prevede rappresaglia: al nemico che leva in alto le mani non puoi sparare al cuore. La stagione del patteggiamento era iniziata.

«Quando eri bambina» aggiunse «ti raccontavo molte storie. Ma la più importante, Viola, ancora non la conosci.»

Anche se non lavorava più da tempo, mio padre restava un pittore, e sebbene le sue tele avessero conosciuto soltanto il bianco, il grigio e il nero, durante quel viaggio usò i colori per raccontarsi. La sua storia cominciava con il verde delle querce e degli aceri che ricoprivano i pendii della sua terra, e finiva con il rosso rame dei capelli di una giovane donna. Era la storia di come era finito così lontano.

I GIORNI DELLE SIBILLE

«Che differenza c'è tra una strega e uno stregone?»
«Forse solo che una è donna e l'altro è uomo?»
«Sì papà, ma allora perché la strega uccide e invece lo stregone guarisce? E poi perché non si chiama solo strego? È più grande? Più bravo forse?»
«Il mondo non è perfetto, Viola. Ma le parole hanno il potere di cambiarlo. E d'ora in avanti noi gli stregoni li chiamiamo streghi e facciamo in modo che tutti abbiano gli stessi poteri. È più efficace così, che ne dici?»
«Sì, ma facciamo che guariscono o che uccidono?»
«Potremmo fare che, uccidendo, guariscono.»

Finché abbiamo abitato insieme, nella stanza dei miei genitori, sopra una mensola di acciaio satinato, troneggiava una fotografia in bianco e nero, scolorita dal tempo. L'unica immagine di mio padre bambino di cui conservo memoria. È in compagnia di sua madre, mia nonna Clara, una donna sottile, dai lineamenti delicati e lo sguardo triste. Alle loro spalle, c'è una piccola piazza innevata, con un abbeveratoio di pietra al centro. Mio padre è ossuto, mingherlino, la faccia furba, da monello, avrà avuto sei anni o giù di lì. Indossa dei calzoni corti e le gambe sembrano due grissini scuri, livide di freddo. Una volta gli avevo domandato il perché di quell'abbigliamento leggero in pieno inverno e lui mi aveva risposto che così, se fosse caduto, non ci sarebbero stati pantaloni da rammendare. «Erano tempi diversi» aveva poi spiegato. «Il primo calzone lungo era un traguardo, come il primo pelo sul petto.» Ed era tutto quello che avevo saputo, fino a quel momento, della sua vita prima di me.

Mentre parlava, immaginai quel bambino trascorrere il tempo nella piazza di Rocca, a scolpire castelli di neve e a tratteggiare il profilo delle montagne. Stregato com'era dalla luce, cercava di coglierla con le matite colorate sul foglio da disegno.

Un pomeriggio, mentre era assorto davanti alla finestra a disegnare, alle sue spalle sentì il tonfo di un corpo, poi un frastuono di pentole che cadevano. Era sua madre, crollata sulla maiolica del pavimento.

All'ospedale di Ascoli Piceno ci rimasero un mese. Aneurisma cerebrale, fu la diagnosi dei medici. Mio padre si appisolava sulla poltrona accanto al suo letto e trascorreva le giornate nel reparto, tra pallide pareti che trasudavano disinfettante e medicinali. Osservava sua madre dormire, pensando che, se non avesse riaperto gli occhi, anche il suo cuore avrebbe smesso di battere. Clara non aveva mai sorriso nella vita di tutti i giorni, così esile e inadeguata al peso di quegli inverni, si era affannata a tenere in ordine la casa e la stalla, a cagliare il formaggio nel pentolone di rame, e nel tempo libero leggeva romanzi, sognava altre vite, luoghi lontani; eppure, se non si fosse più ripresa, con lei se ne sarebbero andati la luce, i colori, e la voglia di fermare il mondo in un disegno.

Poi, un giorno, contro ogni previsione, mia nonna decise di svegliarsi.

Anche se sembrava viva, viva non era. Lui provò a chiamarla più volte, ma non ricevette risposta. Le ultime parole che le aveva rivolto erano state di offesa. Qualche ora prima dell'incidente avevano discusso di quello che si malignava in paese sul loro conto: «figlio della bastarderia» era così che veniva chiamato mio padre dai compagni di scuola, a Montemonaco, perché a diciassette anni Clara era tornata a casa incinta senza dire di chi fosse la colpa. Mio padre portava il cognome del nonno, De Angeli, che a sua volta era stato trovatello, figlio degli angeli, e che alla bastarderia c'era cresciuto veramente. In paese lo chiamavano «lu disgraziatu» perché anche se coltivava patate e faceva pascolare le capre, a casa i pantaloni li portava sua moglie Antina, la conciaossa.

Le voci dicevano che «il figlio della bastarderia», il piccolo Oliviero, mio padre, uomo vero in mezzo a quelle streghe non sarebbe mai diventato. E lui: «Strega!» aveva gridato a sua madre quel giorno. Lei aveva impugnato il battipanni, minacciando di rincorrerlo, e lui era sgattaiolato fuori, nel cortile, per poi rifugiarsi nel capanno dove tenevano la legna e gli attrezzi per il campo. Quando la situazione si era acquietata, era rientrato in casa. Ma in quei giorni, su quel letto d'ospedale, Clara non lo guardava più. Gli occhi erano aperti, però sembravano due lumache sgusciate, la bocca contratta in una smorfia ingrugnita, incapace di trattenere la saliva. Non era la prima offesa che le aveva urlato contro, ma questa volta sarebbe rimasta arrabbiata con lui per sempre.

Riuscivo quasi a vederli, insieme in quella stanza asettica, e percepivo il silenzio opprimente che li avvolgeva. Non aveva mai sentito l'esigenza di mettermi a parte di quel dolore. Lo aveva tenuto chiuso in un cassetto per tutti quegli anni. Ma a giudicare dall'espressione afflitta che aveva, e dal modo in cui si stropicciava continuamente il viso con le mani, come a voler ricacciare indietro la commozione, mi rendevo conto che da quel cassetto appena aperto era uscito fuori qualcosa di molto più mostruoso e inaspettato di un lontano ricordo. Deglutiva, nervosamente, per tenere a bada il magone e mantenere il controllo durante quel faccia a faccia con il passato, e con me che lo ascoltavo per la prima volta.

«Perché non me ne hai mai parlato?»

E mi rispose in quel modo vago che rientrava nei suoi meccanismi di difesa: «Forse non ci si può raccontare a un figlio troppo giovane, che ancora ti vede semplicemente come un ruolo, una funzione. E non ci si può nemmeno raccontare a qualcuno senza prima essersi raccontati a se stessi».

«Immagino che neanche la mamma ne sappia qualcosa.»

«Ci sono persone alle quali, invece, non potremo raccontarci mai.»

«Però le possiamo sposare e farci dei figli, giusto?»

«In questo sei come lei. Ti viene istintivo giudicare, semplificare. Ma forse su alcune cose bisognerebbe prima ragionarci con calma.»

«Almeno risparmiami la morale.»

«E allora tu ascoltami, prima di giungere alle conclusioni.»

«Mi sembra che lo stia già facendo.»

Quel breve scambio polemico, anche se ci stava lasciando il solito retrogusto amaro, riuscì a dargli la forza di andare avanti con il suo racconto, senza rischiare di cedere agli assalti ripetuti di quel mostro appena liberato.

Quando vennero dimessi dall'ospedale, si trasferirono nella casa dei nonni. Durante il viaggio di ritorno, in macchina, gli occhi di mio padre, abituati al grigio slavato del reparto, al bianco dei camici e ai colori tenui della degenza e della malattia, quando sorpresero la prima boscaglia lungo la strada, rimasero quasi accecati da tutto quel verde, che all'improvviso gli risultava insopportabile. Nella piccola casa di nonna Antina, vi entrò correndo, senza salutarla, e senza neanche fare caso all'odore di pollo in potacchio che la riempiva, o alle salsicce appese sopra al camino che la nonna aveva mandato a comprare appositamente dal contadino di Norcia. S'infilò su per le ripide scale veloce come un gatto e raggiunse quella che una volta era stata la camera di sua madre. Era lì che voleva nascondersi.

Antina lo seguì in affanno. La porta era chiusa a chiave.

«Aprimi, Oliviero!» lo scongiurava bussando, con la voce tremante. Doveva aver sentito il rumore dei libri e dei soprammobili che lui stava scaraventando a terra dal cassettone di legno, il fruscio del copriletto rosso, irrigidito dal tempo e dall'usura, lanciato contro la finestra. I quadretti e i santini strappati dai muri.

«Vai via» le gridò il nipote. "Indietro non si torna" intanto pensava. Davanti a lui c'era solo un muro bianco, e quel muro sarebbe stato l'unica cosa che avrebbe guardato nei giorni a venire. Niente più luce, niente più colori. Niente più niente.

Per quanto fossi sconvolta dalla storia che aveva deciso solo allora di raccontarmi, ero anche innegabilmente incuriosita. «Che rapporto avevi con i tuoi nonni?» gli chiesi, mentre continuavo a seguire la strada.

«Fino a quel momento nessuno» mi disse. «Nonno Alfio era un pastore bonario, che diceva di saper distinguere gli uccelli dal tipo di cinguettio. Nonna Antina, invece, era la conciaossa del paese, ma con mia madre non si parlavano più da molto tempo. Quando aveva scoperto che la figlia era rimasta incinta, aveva tentato in ogni modo di convincerla a non tenermi. Voleva che mi spedisse alla bastarderia, come si usava al tempo con i figli illegittimi. Ma mia madre si era opposta, e se ne era andata a vivere per conto suo. Aiutava Alfio con la terra e le capre, ma con Antina aveva interrotto ogni rapporto. E poi c'era Nora, a complicare le cose.»

«Nora?»

«Nora era la figlia della sarta, una ragazza alta, molto magra, con il naso aquilino. Di lei si diceva avesse il "segreto" perché aveva occhi grandi, inquietanti, di un azzurro acquoso, che sembravano capaci di prevedere gli eventi, anche quelli lontani, come era accaduto il giorno in cui nonno Alfio era scivolato giù da una scarpata e lo avevano riportato a casa con la febbre alta. Nora si era presentata da Antina per rassicurarla sulle condizioni del marito prima ancora dei soccorsi, e da quel giorno, Antina l'aveva presa sotto la sua ala protettiva, facendola diventare la sua assistente, l'erede cui tramandare tutto il suo sapere. Anche perché mia madre, invece, non aveva mai voluto saperne dei poteri delle erbe. La sua attenzione era sempre stata rivolta al grande amore romantico che non aveva mai incontrato.»

«Ma Antina le voleva bene?» gli domandai colpita.

«Sì, ma non sono mai riuscite a dirselo. Si tenevano a distanza. Prima della tragedia, io quella strana nonna l'avevo vista qualche volta, dalla finestra o nel lavatoio a strofinare i panni. Per me era solo la strega del paese che non mi aveva voluto e di cui avevo paura. E, come del resto anche mia madre, non davo peso al fatto che invece fosse una specie di autorità tra i nostri monti, e che intorno alla sua casa ci fosse sempre un grappolo di persone in attesa di una visita. Così come ignoravo il fatto che dicesse di appartenere all'antica tradizione delle civiltà sibilline, che, detto così, potrebbe anche suonare bizzarro, invece c'era qualcosa di molto serio e radicato in questa sua convinzione. A suo dire, erano comunità guidate da donne, le depositarie di una saggezza popolare che insegnava l'armonia e il rispetto per la natura.

«Ricordo che un pomeriggio, prima dell'incidente, l'avevo sorpresa insieme a Nora vicino al fiume e avevo trovato il coraggio di avvicinarmi, rimanendo nascosto. Erano impegnate in una fitta conversazione. Antina teneva una mano di Nora ferma tra i palmi e dava l'impressione di leggerne i segni. Diceva che la terra e l'aria erano i suoi elementi, mentre l'acqua e il fuoco no, perché l'acqua è labile e le streghe avevano imparato ad avere paura del fuoco.

«Alla parola "strega", ovviamente, mi ero messo a correre. E se mi avessero detto che un giorno mi sarei ritrovato costretto a vivere sotto lo stesso tetto di Antina, ti assicuro che sarei fuggito molto lontano.»

Invece la vita lo aveva colto di sorpresa. Mio padre era solo un bambino quando entrò per la prima volta in quella casa. Assaggiava il dolore nel sapore di una mancanza, ma non aveva fiducia nei rimedi, né conosceva il potere delle donne dei suoi monti. Aveva rinunciato a cercare la luce nei colori, e non credeva potesse esistere qualcuno capace di indicargli uno spiraglio nel buio.

Una sera Antina, esasperata dalla cattività del nipote, si avvicinò alla porta: «Mi devi far entrare, sinnò mòri!».

Non aveva la voce di una strega. Era, anzi, una voce tonda e calda, come le pagnotte *dellu panà* appena sfornate, come la luna che illuminava la stanza in quei giorni al posto del sole. «Non m'importa se vuoi fa' lo scimunito, se non vuoi più campa'» gli diceva. «Apri solo questa porta. Io sono con te.»

Girare quella chiave fu la cosa più difficile che mio padre avesse mai fatto, ma alla fine ci riuscì. E fu l'inizio di un nuovo tempo.

Antina vestiva sempre di nero, con sottane lise e pungenti di pollibastro, le vene varicose disegnavano una cartina geografica sulle gambe lunghe e sottili, i capelli radi ed evanescenti, gli occhi piccoli e opachi. Recitava le preghiere in ginocchio sul cotto gelido, e prima di coricarsi si strofinava le braccia e le gambe con i fiori di lavanda, e a quel punto le stanze si riempivano di profumi.

C'era mistero e musica nel suo modo di parlare. Un giorno lei fece notare al nipote le macchie di umidità sul soffitto della camera e gli disse che, nella penombra, avrebbero potuto trasformarle in animali, facce, profili di città lontane. «Del cervello usiamo solo un pezzetto» gli disse. «Ma ricordati, Oliviero, noi siamo tutto, e possiamo andare dappertutto.»

Un po' alla volta, riempì il vecchio armadio di Clara con i suoi libri. Li aveva accumulati negli anni perché, in cambio delle visite, accettava solo regali e chiedeva sempre espressamente qualcosa da leggere. Mio padre ne era incuriosito, perché così tanti, insieme, non ne aveva mai visti. Era attratto soprattutto dalle figure, ritratti di guerrieri e giganti che trovavano spazio nella sua solitudine. Quando arrivava la sera, attendeva con trepidazione Antina sul letto, che, dopo le preghiere e il rituale della lavanda, aveva preso l'abitudine di leggere a voce alta.

Erano le storie della mitologia greca, e lei aveva la capacità di raccontarle come se quelle gesta fossero realmente accadute a un passo da lei, un attimo prima. «Noi sibille abbiamo una memoria continua» gli spiegò un giorno. «Non ricominciamo tutto da capo ogni volta che veniamo al mondo. Abbiamo imparato a prestare attenzione alle storie di chi ci ha preceduto e a tramandarcele di madre in figlia.»

Mio padre l'ascoltava pensando che, se invece era davvero una strega, come dicevano i suoi compagni di scuola, allora era una strega buona, capace di raccontare le cose come nessun altro.

«Non sono poi così diverse dalle nostre storie» gli diceva a proposito dei miti greci. «Le leggende, in un modo o nell'altro, si somigliano tutte. Lo sai per esempio chi era la Sibilla?»

Mio padre sgranò gli occhi incuriosito.

«La Sibilla era una bianca signora dai capelli lunghi, che

viveva, insieme alle sette sorelle, nella grotta di questa nostra montagna, che infatti porta il suo nome. Tesseva fili di luce, come facevano le Moire nell'antica Grecia con il fato di ogni uomo.»

«Ma era cattiva?»

«No che non era cattiva. E non si faceva mai vedere. Ma in paese tutti sanno che quando si vedono i cavalli lasciati liberi al pascolo tornare di sera con li crini intrecciati, a pettinalli così sono state le fate. E lo sai chi sono?»

Mio padre fece cenno di no con la testa.

«Sono le ancelle della Sibilla» gli spiegò la nonna. «Possono stare tra gli uomini solo di notte, perché di giorno hanno i piedi di capra, come il dio greco Pan, che gira tra i monti a caccia di ninfe.»

«E neanche loro sono cattive?»

«Certo che no.»

Alla nonna veniva da ridere ripensando a tutti gli stratagemmi che nei secoli gli uomini si erano inventati per difendersi dalle donne come lei, e da tutte le giovani vergare che erano belle e libere. Quante innocue teste d'aglio appese sulle porte e quanti cani inutilmente scuoiati, perché si diceva che l'aglio e le stringhe di pelle di cane tenessero alla larga le fate.

«Le fate e le streghe sono ovunque» puntualizzava Antina. «Lo sa bene il Guerrin Meschino, il cavaliere errante, che con le sue sole forze risale la montagna per liberare l'animo dai piaceri materiali. E solo la donna lo può liberare. Perché, ricordati, Oliviero, il perdono è femmina.»

Mi tornavano in mente le storie che mi raccontava da bambina. Finalmente capivo da dove aveva attinto per rivisitarle. Riaffioravano nella memoria le immagini delle fate dai piedi di capra, delle grotte incantate e delle principesse assopite che mi facevano compagnia prima di addormentarmi. Mentre mio padre parlava, osservavo lo spicchio di cielo bianco ritagliato nel parabrezza. Intorno a noi, una striatura di alberi nudi immersi nella foschia. Ai lati della strada, fazzoletti di terra coltivati a orzo, una baracca in lamiera e piccole case diroccate che spuntavano come ciottoli in mezzo alle montagne.

Quando non era con lui, Antina si occupava di Clara, che andava continuamente accudita, come una neonata. Se l'era messa a dormire nella sua stanza. Qualche volta mio padre sentiva lo scroscio dell'acqua nel catino e la voce della nonna farsi struggente, mentre lavava la figlia con una spugna imbevuta d'acqua e sapone e le chiedeva di perdonarla. Le cantava antiche filastrocche in dialetto, rassicurandola sul fatto che fosse ancora molto bella. «*Bisi Bisella*» diceva. «*Colore così bella, colore così fine, sante Martine. La bella mulinara, che suve sulla scala, la scala del picciò, la penna del pavò.*»

Il pensiero di Clara, ferma e muta sulla sedia, costringeva

mio padre ad affondare la testa nel cuscino e a premere così forte da farsi male alle tempie.

«Non volevo più vederla» mi confessò a un certo punto. «Al pensiero di trovarmi di fronte al suo volto senza più espressione, mi si chiudeva lo stomaco in un pugno. Così, tutte le volte che scendevo le scale, Antina faceva in modo di chiudere la porta della sua stanza.»

Mi stupii nel sentire una profonda pena nei confronti di quel piccolo orfano che tornava nel mondo.

«Nel frattempo,» continuò «Nora si era trasferita in casa con noi per dare una mano, e mangiavamo tutti e quattro insieme nell'aia. Ricordo una sera in particolare...»

Era inizio estate, il *garbì* aveva spazzato via le nuvole, il tavolo nell'aia era apparecchiato sotto il cielo stellato, alla luce di due lampadine appese al filo che andava dalla finestra al gelso. Nonno Alfio si dava da fare per animare i tizzoni nella brace e cucinare la carne, Nora lo aiutava silenziosa, e la nonna orchestrava il tutto con grazia, rimanendo seduta.

Antina, masticando con fatica, perché le erano rimasti solo pochi denti, a un certo punto si rivolse al nipote e gli chiese: «Perché hai smesso di disegnare?».

Mio padre rimase in silenzio. Il nonno gli intimò di rispondere, ma lei lo zittì e gli fece cenno di lasciar correre.

«Ero solo un bambino, e non ero in grado di spiegarlo. Il senso di colpa nei confronti di mia madre aveva finito per assumere le forme di un'ombra. Veniva a farmi visita di giorno e di notte, con il mantello scuro dei negromanti che si recano al lago di Pilato, e per sfuggirgli mi ero trovato costretto a rimuovere qualunque ricordo di come era il mondo quando era lei a illuminarlo.»

In quel momento Antina lanciò un'occhiata a Nora, un'occhiata eloquente e misteriosa, come molte delle cose che le riguardavano.

A fine cena bevvero vino caldo mescolato con il miele. Nora si alzò per sparecchiare e gli sorrise, quasi a volerlo rassicurare.

«Che cosa c'era di misterioso nel loro modo di fare?» gli chiesi, sorpresa di riuscire così bene a visualizzarle.

«Il mistero era dappertutto» mi spiegò mio padre. «Nell'odore della casa, nelle pietre levigate delle pareti e nella credenza dove si conservavano le erbe. Ma era anche nel loro rapporto con gli animali. Sembravano in costante contatto telepatico con i gatti, le capre e le galline. Nulla della natura o del clima di quei luoghi poteva sorprenderle. E poi, era soprattutto in qualcosa di più inquietante, che riguardava Nora.»

«Che cosa?»

«Lei e Antina parlavano spesso all'ombra dell'acero secolare nello spiazzo sul retro della casa. Si raccoglievano in fitte conversazioni, tenendosi per mano. E una volta le avevo sentite parlare di mia madre come se fosse ancora cosciente. Così un giorno trovai il coraggio di chiedere alla nonna di cosa parlassero tutto il tempo. E lei mi confidò che Nora aveva un potere particolare: era in grado di mettersi in contatto con le persone che dormono. Le persone che finiscono in coma, che giacciono prive di coscienza tra la vita e la morte, o che semplicemente non ragionano più. Poteva sapere se chi si addormentava sarebbe tornato oppure se ne sarebbe andato via per sempre. Mi disse anche che lei e mia madre s'incontravano spesso "nel luogo dove i corpi diventano trasparenti".

«Come era naturale che fosse, io rimasi molto colpito da quella confidenza e volli subito sapere se lei si sarebbe mai risvegliata. "Tua madre non tornerà più come la ricordi, Oliviero" mi rispose Antina. "Ma è qui, e ci ascolta tutti i santi giorni." Poi fece una pausa e mi guardò negli occhi: "Vai da lei," mi disse "non avere paura. Ti ha già perdonato, ma tu devi trovare il coraggio di affrontarla. Tua madre, in cambio, avrà qualcosa da darti".

«Così accettai la proposta della nonna e incontrai mia madre dopo il tramonto, vicino al tavolo dell'aia. Sembrava rimpicciolita, così magra e curva sulla carrozzina, come un uccello spennato. La luna le illuminava il volto e il suo biancore attenuava le rughe e faceva luccicare la fronte, ma lei non era più lì, era altrove.

«Avevo promesso alla nonna che le avrei parlato, ma quando mi ritrovai a pochi centimetri dalla sua testa pendula, mi bloccai e non riuscii a dire niente.

«Antina mi intimò di accettare il regalo, e solo allora notai tra le dita di mia madre la scatola di matite colorate che avevo lasciato nella nostra vecchia casa e che non avevo più voluto vedere dopo l'incidente. L'afferrai con timore. E quella notte non riuscii a prendere sonno. Guardavo le matite colorate, la parete bianca, poi di nuovo le matite.

«Alla fine decisi di prenderne solo tre, il bianco, il grigio e il nero, e nella penombra della stanza, ricominciai a disegnare.»

Eravamo ancora sulla Salaria, oltre la metà del percorso, in procinto di attraversare un paesino chiamato Antrodoco. Un nome che poteva anche far pensare a un personaggio mitologico e che, come diceva l'insegna comunale alle porte del paese, nel Risorgimento era stato lo scenario di famose battaglie.

Una piccola locanda si affacciava sulla strada. «Mi è venuta fame» disse mio padre, passandosi stancamente una mano tra i capelli.

Parcheggiai la macchina in un piccolo spiazzo e lo seguii in silenzio fino all'interno della locanda. Ci sedemmo a un tavolo in fondo, accanto a una credenza dove svettava un fascio di spaghetti dentro un cestello di vimini. Avevo tante domande in testa, ma non sapevo da dove cominciare.

Nelle sue opere, di quella preistoria apparentemente non c'era riscontro. Era anche vero che la sua arte si era sempre prestata a più livelli di lettura e che nessuno si era mai spinto ossessivamente fino allo studio delle sue origini. Ma se non fosse stato per Nora e Antina, non sarebbe mai diventato un artista. Avevano creduto in lui, sin dall'inizio.

«Hai sempre detto che i tuoi erano tutti morti e niente altro...»

Furono le mie prime parole.

Aveva cercato di aprire uno squarcio sul suo passato con distacco, tuttavia non c'era del tutto riuscito. E ora appariva a disagio, come se si fosse sentito costretto a spogliarsi. Ma si sforzò ugualmente di rispondermi.

«Tua nonna, Clara, si è spenta poco prima che compissi quattordici anni» mi disse. «Ricordo di aver assistito alla sua veglia immaginando che stesse solo dormendo. A vederla distesa, con gli occhi chiusi, sembrava tornata in lei. Antina, invece, è morta qualche anno più tardi. Prima di lasciarmi, mi raccontò ancora una volta di Ulisse. L'ultimo ad andarsene è stato nonno Alfio, all'ombra di una quercia, mentre badava alle sue capre. Non c'era nulla che mi trattenesse ancora a Rocca.»

«E Nora? Lei che fine ha fatto?»

«Si è occupata per qualche tempo della casa e della terra, poi ha deciso di trasferirsi a Foce, un'altra frazione di Montemonaco. Non si è mai sposata né ha avuto figli.»

Qualche anno dopo che mio padre se ne era andato, prima Rocca e poi Foce erano diventate mèta di un curioso pellegrinaggio. Nora era stata oggetto di studio anche all'università di Bologna, e per la comunità scientifica era una contadina ignorante, ma in grado di fare diagnosi inspiegabilmente accurate attraverso i cosiddetti «sogni telediagnostici».

Visitava le persone cadendo in una specie di *trance* che la estraniava dall'ambiente circostante, come se fosse capace di entrare nel loro corpo e di «vedere» i loro organi interni intaccati dal male. Non usava termini tecnici, ma si faceva capire perfettamente. Poteva anche compiere visite a distanza e raggiungere persone lontane, e al ritorno era in grado di descrivere luoghi dove fisicamente non era mai stata. Qualche detrattore aveva parlato di messe in scena scadenti, buone a ingannare i semplici di spirito, ma in tanti anni di misteriosa attività, Nora non aveva mai sbagliato un colpo. Nei limiti delle sue conoscenze, le sue diagnosi erano sempre state precise.

Una volta il primario dell'ospedale di Ancona aveva voluto mettere alla prova le sue capacità e le aveva chiesto di visitare un malato di tumore ricoverato nella stanza 216 del suo reparto. In realtà le aveva mentito, non c'era nessun malato di tumore in quella stanza. Ma Nora aveva accettato e si era spinta con la mente fino a lì, come faceva ogni volta che le veniva richiesta una visita a distanza. «C'è solo una donna bionda, molto magra, con una banale infezione intestinale» aveva detto al professore tornando in sé. E in effetti, come lui avrebbe poi avuto modo di verificare, in quei giorni, in quella stanza, era ricoverata una donna che corrispondeva perfettamente alla sua descrizione.

«E tu ci credi?» gli chiesi con sufficienza.

«A cosa?»

«Al fatto che Nora fosse una veggente.»

«Era una persona speciale» mi rispose, posando i gomiti sul tavolo e incrociando le dita. «Ho visto accadere tante cose straordinarie nella mia infanzia, persone che trovavano una risposta alle loro pene e non smettevano mai di ringraziarla. E poi ci sono momenti, nella vita, in cui si ha bisogno di credere.»

Le sue parole si scontravano con il mio scetticismo. Ma ero più infastidita dal fatto di non averne mai saputo niente. «Non ti è passato per la mente di parlarmene qualche volta?»

Mio padre stringeva un pezzo di pane tra le dita e mi sembrò di vederle tremare. Non rispondeva, e così insistei: «Doveva essere una persona importante per te, perché l'hai cancellata così?».

Mi disse che la sua partenza da Rocca aveva coinciso con un sentimento di estraneità nei confronti suoi e di tutto quello che si lasciava alle spalle, e che soltanto con l'avanzare degli anni si era reso conto che quella perdita non aveva fatto che accrescere l'amore che nutriva per i suoi monti.

«E poi cosa vuoi che ti dica, Viola? Che sono un ingrato?»

Gli era venuta quella faccia che odiavo, quella che diceva: saltami addosso se pensi che ti possa far bene, o perdonami. Ma poi dimentica e metti un punto. Non riuscirai a cambiarmi, come non c'è mai riuscito nessuno.

Arrivò il cameriere a smorzare la tensione. Due piatti fumanti di tagliatelle al sugo di cacciagione si misero tra noi, interrompendo quello sguardo pieno di fastidio che ci stavamo scambiando.

Mi chiedevo perché fosse partito da così lontano per mettermi a parte di una storia d'amore. Ma quale storia d'amore poi? Era forse Nora la donna che diceva di aver amato per tutta la vita? Come poteva essere lei? E se non era lei, che cosa c'entrava quella donna misteriosa con sua madre, Nora, Antina e la sua crescita come artista?

Guardavo il rosso del pomodoro e ripensavo alle sue opere. Le conoscevo tutte. Le sculture, i quadri, i disegni, persino i bozzetti. Aveva sempre evitato il colore, rimanendo fedele a una fucina creativa essenziale, fatta solo di bianchi, grigi e neri. «La sua arte è perfetta per un daltonico» ricordavo le parole di un critico. Al tempo stesso mi rendevo conto che tutto quello che avevo saputo fino a quel giorno, dell'artista che mi aveva messa al mondo, l'avevo appreso dai cataloghi delle mostre, dalle critiche e dalle interviste. Anche se mi ero illusa del contrario, non lo conoscevo meglio di un qualunque suo collezionista.

Ora finalmente sapevo. Cosa significassero per lui i colori e il senso profondo di quella rinuncia. Pensare di aver ferito così intimamente la propria madre da credere che non ci possa essere altro rimedio se non l'espiazione. Poi, di colpo, si materializzò nella mia mente il ricordo di quell'unico disegno su cartoncino che avevo rivisto nel suo studio prima di partire e che lo aveva accompagnato per anni. L'uso di quei due soli colori, il rosso e il verde, per dar forma a una donna e a quel campo fiorito tra le montagne, che sembrava invece un'esplosione cromatica. Che fosse proprio un ritratto dei suoi monti?

«Quindi non ci sei più tornato a Rocca? Da quando avevi diciassette anni?» gli chiesi sospettosa, posando la forchetta sul piatto.

«Non proprio. Un'unica volta, qualche anno più tardi, e poi mai più.»

«E quel disegno, quello che hai nello studio, quello che ritrae...?»

M'interruppe subito: «Perché mi chiedi di quel disegno?». Sembrava sorpreso che, tra tutto ciò che potevo domandare, mi fosse venuto in mente proprio quello.

«È l'unica opera dove hai usato dei colori e non la conosce nessuno.»

Sorrise, come se la mia attenta osservazione l'avesse lusingato: «Cosa vuoi sapere di quel disegno?».

«Sono ritratte delle montagne, sono le tue?»

Annuì. «Esiste un punto, sul monte Vettore, dove si può ammirare la piana di Castelluccio. Nella stagione della fioritura è uno degli spettacoli più belli che la natura possa offrire all'essere umano.»

«E chi era quella donna?»

Lo sguardo di mio padre si aprì, ma rimase in silenzio.

«È da lei che stiamo andando?»

Prese in mano il bicchiere dove si era versato un po' di vino e ne bevve un sorso.

«Quando ero ragazzo» mi disse «l'amore aveva la forma di

una promessa. E allora mi sono lasciato guardare dentro. Gli ho consentito tutto, Viola. Anche di riportare i colori nella mia vita. Il verde, che se ne era andato via con mia madre, e il rosso, dei capelli di Pauline. È questo il suo nome, e credimi, è quanto di più sorprendente abbia mai conosciuto.»

«Papà, ho scritto sul mio quaderno magico una favola sulla donna con i capelli rossi del tuo disegno.»

«Davvero? E cosa hai scritto?»

«Se dalla finestra entra la luce di una stella, lei si anima e se ne va in giro per la città.»

«A fare cosa?»

«A cercare un principe. Ha tempo fino alla fine della notte, se non lo trova, ritornerà nel disegno e non potrà uscire mai più.»

Eravamo di nuovo in macchina, nel territorio marchigiano. «Alle donne hanno sempre tolto qualcosa» mi spiegò, ripiegando in modo raffazzonato la cartina stradale. «Lei invece era una donna intera.»

Mentre mio padre mi raccontava di Pauline, io avevo la sensazione di riuscire a vederla. La donna del disegno che prende vita, volge le spalle al dirupo che si affaccia sulla piana di Castelluccio e mi viene incontro. Ha i capelli lunghi, del colore del rame, che cadono sulla schiena e ondeggiano a ogni passo. Il viso cosparso di lentiggini, la bocca rosa e grande, come un petalo sgualcito, e un broncio, irresistibile, che sa trasformarsi in sorriso nella frazione di un secondo.

Mi sorpresi a immaginarla in una sala di scultura dell'Accademia, la prima volta che lei e mio padre si sono incontrati. È seduta su uno sgabello di legno, le mani lunghe, affusolate, che premono sulla creta per dare forma a un nudo di donna. Indossa una giacca ampia di seta viola cangiante e una fascia dello stesso colore le trattiene i capelli. Mio padre si è diplomato da un anno, si trova lì per incontrare il suo maestro. La osserva dal vetro di una porta. Pauline non è giovane come le altre studentesse, ne ha sentito parlare. Qualcuno gliel'ha indicata. Sa che è un'aristocratica francese, laureata in antropologia, e che ha frequentato gli ambienti femministi della Psy-et-po. Si vocifera che abbia una relazione con una donna. Ma per mio padre tutto questo non ha importanza. Ai suoi occhi è la reincarnazione di una delle fate delle storie che ascoltava da bambino. Un'ancella della Sibilla che è scesa dal monte di notte per ballare con gli uomini del paese e, almeno fino all'alba, l'incantesimo la lascerà umana.

In quel periodo si era dedicato completamente all'arte. Il Comune gli aveva messo a disposizione un piccolo studio nel rione Monti. Erano anni in cui si usava finanziare gli artisti più promettenti, scommettere sul loro avvenire. Mio padre alternava l'impeto inarrestabile del pittore a periodi di solitudine, in cui metteva una porta tra sé e il mondo. Anche Pauline aveva sentito parlare di lui, della sua vena innovativa, tanto che quel giorno volle conoscerlo. Fuori dall'aula dell'Accademia fu lei a farsi avanti: «Mi piacerebbe parlare dei suoi lavori» gli disse.

«Potremmo prendere un caffè insieme uno di questi giorni.»

E quel caffè fu così «efficace» che si prolungò fino all'ora di cena.

Decise di lasciare a Pauline il privilegio di aprire quella porta chiusa.

La prima notte insieme la passarono a ridere. «Ridere come una liberazione, una terapia...» Mio padre che rideva con una donna appena conosciuta: un'immagine inconsueta. Ma Pauline doveva essere tenera, disinibita, e lui era giovane, in quell'età che è senza pelle e in cui l'amore sembra l'unico rivestimento possibile.

«Prima di lei nessuna era rimasta a dormire nel mio letto» mi confessò a un certo punto. «Aveva autorità e dolcezza, come le donne della mia terra.»

Ma più di tutto, Pauline amava i suoi disegni.

Non erano che un preludio dell'artista che di lì a poco mio padre sarebbe diventato, della sua lunga meditazione poetica, ma lei ne riconosceva già il tratto, ed era certa che non avrebbe mai fatto parte di un gruppo, ma che al contrario avrebbe condiviso l'unicità e l'isolamento degli antiaccademici. Glielo diceva, gli raccoglieva le mani nelle sue e gli chiedeva di avere fede, come avrebbe fatto un'indovina, come avrebbero fatto sua nonna o la misteriosa Nora. Ma quella di Pauline non era una scienza divinatrice, e non c'era nulla di magico o misterioso nelle sue parole, solo istinto e conoscenza, del mondo della raffigurazione e della sua storia. Le era bastato un istante per cogliere, oltre le apparenze, l'originalità di quello che era poco più di un ragazzo rispetto ai movimenti artistici di quegli anni. La capacità che aveva di lavorare sulla luce.

«È l'unica che mi ha scoperto davvero. Tutti gli altri volevano qualcosa da me.»

Era la prima volta che mio padre mi parlava così apertamente. Era forse arrivato all'età della presa di coscienza, dei bilanci? Cosa gli era successo negli ultimi anni? Era stata questa Pauline a decretare la fine del matrimonio dei miei genitori? E perché mai avevano deciso di sposarsi?

Dopo la separazione, avevo sempre avuto la sensazione che, una volta fuori da quel mondo condiviso, non si fosse mai davvero sforzato di colmare il vuoto che aveva lasciato. O forse sì, ci aveva provato, a modo suo, e non l'avevo capito. Crescendo mi ero concentrata sulle piccole attese, come era normale che fosse per una bambina che diventava donna: i compleanni, i Natali, i giorni in cui doveva venire a prendermi e dimenticava di farlo. Sulle sue assenze e le sue mancanze mi ero via via disegnata. Ai miei occhi era semplicemente un padre, non Oliviero De Angeli, l'artista, o l'orfano, il figlio della bastarderia che scolpiva la neve nella piazza di Rocca. Semplicemente mio padre. Non sapevo che anche lui avrebbe definito la sua vita su un'assenza.

Mentre parlava, a un certo punto gli s'inumidirono gli occhi.

«Senza l'amore non sono niente, capisci? Le mie opere, la mia arte non esistono. Non ho più un nome e un cognome.»

S'interruppe. Provai una stretta allo stomaco. Quella donna, conosciuta trent'anni prima, era ancora vivida e presente nella sua mente, molto più di quanto io non lo fossi mai stata. All'improvviso mi sentii fuori posto. Stava tornando nei suoi monti per lei. L'aveva ritratta tra quelle rocce, era stata lì, e forse era lì che viveva.

Dovevamo seguire le indicazioni per Comunanza e mi avvisò che eravamo prossimi alla deviazione. Lasciandomi la Salaria alle spalle, girai su una strada che, almeno nel primo tratto, dava l'impressione di arrampicarsi su per le montagne. Guardai l'orologio, erano le due passate, Cristina doveva essere già rientrata dall'asilo. Gli dissi che mi sarei fermata al primo bar per telefonare a mia figlia, avevo esaurito il credito sulla scheda del cellulare. Lui sembrava in imbarazzo quanto me. Si era adombrato di colpo. Forse si aspettava che gli rivolgessi altre domande e che mi mostrassi maggiormente coinvolta. Ma ero frastornata. Guardandolo, avevo l'impressione di non riconoscerlo. L'avevo immaginato in tanti modi diversi, ma mai così innamorato di una donna che non fosse mia madre. O almeno, che venisse prima di mia madre. Di tutto quello che era successo dopo, in realtà, non avevo alcuna traccia. Ma il fatto che mio padre avesse un *prima*, così nutrito, vivo, mi disorientava.

A Roccafluvione ci fermammo. Era tornato il silenzio. Uscii per andare a comprare la ricarica. Scese anche lui per sgranchirsi le gambe.

Non c'era ancora neve intorno, ma salendo forse l'avremmo

incontrata. Faceva molto freddo. Mi strinsi nel cappotto reprimendo un brivido. L'aria era farinosa, graffiava la gola.

«Ti sei portata qualcosa di pesante? Lassù si gela» mi chiese, strofinandosi le mani.

«Ho quello che mi serve.» Senza aggiungere altro, risalì in auto. In quel momento m'irritava la sua presenza. Ero lì per fare cosa? Che ruolo avevo nella sua vita?

Come spesso accade, quando si avvicina il termine di un viaggio la mente torna al punto di partenza. Così, per quanto fossimo sempre più geograficamente vicini al mondo della sua infanzia, e lontani da tutto ciò che riguardava il mio quotidiano, mi riaffiorarono alla mente i piccoli riti di sempre: la spesa, il pranzo, se Cristina doveva mangiare la carne oppure il pesce. Con una moneta cancellai la banda argentata della ricarica, digitai il codice e finalmente riuscii a chiamare Paolo.

«Cristina è rientrata un'ora fa con tua madre.»

Aveva lo stesso tono ostile di qualche ora prima.

«Avete mangiato?»

«Gli ho fatto una pasta.»

«Me la passi?»

«Quando torni?»

«Presto. Non preoccuparti.»

«Che significa "presto"?»

«Paolo, per favore, passami Cristina.»

Mio padre mi osservava dalla macchina. Quando me ne accorsi, distolse lo sguardo.

«Mamma?»

La voce di mia figlia mi restituiva la misura di quanto fosse inopportuna la mia presenza in quella stazione di servizio, in mezzo agli Appennini: «Amore, come stai?».

«L'hai trovata?»

«Cosa?»

«La lista dei desideri.»

Già, la lista dei desideri. «Quasi.»

«E la vecchia zia?»

Aveva una memoria impressionante per la sua età. Continuai ad assecondarla. «Stiamo andando a cercare la lista nella sua casa.»

«I cartoni! Papà non sa dove si vedono. Mamma, torni?»

Quando chiusi la conversazione, mi sentivo in colpa. Alle spalle del bar si estendeva una piccola boscaglia. Lasciai cadere lo sguardo dentro quella vegetazione selvaggia, ripensando al sogno che aveva preceduto la mia partenza. Avvertii ancora una volta una sensazione di pericolo, ma al tempo stesso era come se la vicinanza di mio padre stesse riaccendendo degli interruttori spenti da tempo. La mente si riempiva d'immagini, parole, avevo di nuovo voglia di scrivere, di appuntare pensieri, come non mi accadeva da anni.

Uscì dalla macchina e venne a chiedermi il telefono.

Non ne aveva mai avuto uno. «Non sei cambiato affatto.»

Sorrise, poi lo prese e si appartò un momento.

Lo vidi parlare con un'aria tesa che tradiva una paura mai vista sul suo volto.

Quando tornò, mi ringraziò con un sorriso cercando di riprendere il controllo.

Prima di rimettermi al volante feci in tempo a scorgere il prefisso straniero del numero che aveva appena digitato.

«Dove andremo a dormire?» gli chiesi.

«Un mio amico ha ristrutturato un casale da quelle parti. Andiamo da lui. Siamo quasi arrivati.»

Aveva un amico che si era trasferito nei monti Sibillini. Eccola, un'altra tessera di quel puzzle impazzito. Chissà dov'era finita questa, negli anni, in quale vecchia tasca, sotto quale zerbino. È così che stava facendo sentire anche me: un tappeto ispido di cocco su cui cercava di strofinare i piedi. Di ripulirsi.

Rientrai alla guida. Mi guardava, studiando l'espressione sul mio volto: «Tutto a posto?».

«Tutto a posto» ripetei, come facevo sempre anche da ragazza, quando la distanza tra noi diventava finzione, di solito un attimo prima di congedarci.

«Sto cercando di fare del mio meglio» sospirò lui.

Misi in moto, e nel silenzio quasi irreale del primo pomeriggio, continuai a seguire la strada.

L'amore, per mio padre, aveva la forma di una promessa. Me lo aveva appena detto, parlandomi di Pauline. Ma che forma ha una promessa? Quella del cane che non era mai riuscito a regalarmi? O della gita a Firenze, che avevamo sempre rimandato per un motivo o per un altro? Lo assecondai con il mio silenzio gravido di sentimenti contrastanti, e lui continuò il suo racconto.

Pauline e mio padre avevano cominciato a frequentarsi dopo gli anni dell'Accademia. Lei si era trasferita nel suo studio come qualcuno che si riappropria di un'abitazione che gli spetta di diritto.

«Da oggi questa è casa mia» gli aveva detto, in quel suo modo spontaneo e spensierato che aveva di dire le cose.

«Sappi che non è facile starmi accanto» le aveva allora intimato lui.

«Non ti preoccupare, sono come una lumaca io.»

«Lenta?»

«No, come si dice... *coriacea*, come il guscio dell'*escargot*.»

Aveva lasciato un appartamento di duecento metri quadri con i soffitti affrescati per prendere posto in quella piccola tana che aveva già il sapore di una grotta, con un bagaglio carico di vestiti colorati, collane esotiche, fermagli di stoffa dalle forme più vistose. Al tempo stesso era una donna essenziale, ordinata. E in casa si muoveva con la grazia di un'asceta e le premure di una madre. Comprava il pesce fresco al mercato, sceglieva con attenzione le verdure, sempre pronta a sorridere e a scherzare con chiunque. Se si dovesse racchiudere in una sola parola, la dimensione del loro amore era la leggerezza.

«Quella che non avevo mai conosciuto fino allora» mi disse. «E il timore di dover vivere accanto a qualcuno, di condividere la solitudine in cui ho bisogno di rintanarmi ogni tanto, è sparito presto. Pauline, quando c'era, era un gigante, ma all'occorrenza sapeva essere trasparente.»

Da quello che intuivo dai racconti di mio padre, Pauline passava molto tempo fuori casa, in giro per mostre e musei, soprattutto per dare modo al suo uomo di lavorare indisturbato. Si muoveva in punta di piedi tra le sue pause e i suoi momenti di oscurità, ne aveva rispetto. Non faticavo a visualizzare la sintonia di quei giorni.

«Stasera andiamo al cinema...» gli diceva, spuntando sulla porta dello studio piena di progetti. Ma lo vedeva assorto nelle sue creazioni e neanche continuava, senza farsi cogliere dalla delusione. Tanto che lui non aveva mai avuto difficoltà a concentrarsi in sua presenza. Qualche volta addirittura le chiedeva: «Perché non resti? Leggi un libro o mi racconti di te». Allora si rilassavano con un po' di musica e qualche tiro d'erba.

«Facciamo così: chi fa l'ultimo tiro di canna ha diritto a fare una domanda» proponeva lei, giocando.

«Per quelle non ci sono problemi. Sono le risposte che mi mancano.»

«Allora tocca a te» lo incitava Pauline, guardando la cicca spegnersi tra le dita di mio padre.

«La tua vita in Francia, raccontamela. Un povero montanaro come me non sa niente delle signorine per bene di città.»

«La prima cosa che vuole una signorina per bene è smettere di essere per bene» e arricciava il naso in quella sua strana smorfia che preannunciava un senso di contrarietà.

Gli raccontava di Parigi, dei fermenti rivoluzionari cui aveva preso parte, le manifestazioni, le proteste.

«Ogni battaglia che fai è prima di tutto una guerra contro il mondo da cui vieni. Dopo aver esaurito il rancore verso la mia famiglia, come tutti gli adolescenti, ho cominciato a prendere coscienza di me. Ho capito che noi donne dovevamo cominciare a partecipare, a essere protagoniste del cambiamento. Però tenendomi le tette e le curve al posto giusto, e i miei vestiti sgargianti. Non ho mai voluto essere *comme les hommes.* La femminilità è un dono che non va barattato con nulla.»

«Io invece sono cresciuto tra donne, nonne, zie, vicine. Mi sono chiesto cosa avrei provato nei loro panni.»

«Di sicuro meno opportunità e meno attenzione. Noi abbiamo sempre dovuto faticare di più, forse per questo ci godiamo anche le piccole cose.»

«Tipo quel residuo di canna? Guarda che da quel mozzicone non tirerai fuori niente» la scherniva lui, vedendola insistere con l'accendino senza grandi risultati.

«Sono una testona, lo sai,» sorrideva radiosa «e mi sono promessa una cosa sin da piccola: di non diventare come mia madre. Lei non decideva mai niente, era un'ombra. Una specie di governante che sa stare in pubblico e sa fare conversazione. *Une autocollant*... come quelle dei *footballeur.* È morta quando ero poco più che una bambina. E di notte ancora la sogno che litiga finalmente con mio padre, che si ribella contro quel muro di ipocrisia in cui l'ha tenuta prigioniera, e scappa da quella casa tutta argenti e cristalli...»

«Abbiamo qualcosa in comune: anche mia madre è morta quando ero ragazzo.»

«Oh... mi dispiace. Solo con gli anni riesci a metterti in pace con quello che ti è stato tolto. Io per molto tempo ho confuso la realtà con l'immagine che mi ero costruita di lei; un gran pasticcio. Tu cosa ricordi di tua madre?»

«Solo che non avevamo argenti e cristalli...» ironizzò mio padre per nascondere la sua ritrosia.

Era bastato un istante a Pauline per capire e non insistere.

«Devo ammettere che quelli aiutano. Mio padre è sempre stato severo e distante, uno sconosciuto per me. L'unico vantaggio di una famiglia così è proprio il denaro di cui ho potuto disporre, grazie al quale ho avuto accesso a un valore prezioso per una donna di qualsiasi epoca: la libertà di muovermi, viaggiare da sola, girare il mondo. E dopo gli studi ho scelto di venire a vivere qui: come si dice?, l'Italia è un museo a cielo aperto.»

«Ti piacciono i luoghi comuni, eh?»

«*Mais oui*, Venezia è così romantica e a Napoli c'è sempre il sole...» buttava indietro la testa divertita, prima di sporgersi a dargli un bacio.

Con la stessa passione con cui trascorreva una serata in casa a bere un bicchiere di vino e sgranocchiare formaggio, Pauline era capace di restare ore a contemplare un Caravaggio, a commuoversi davanti alla *Madonna dei Pellegrini* o alla chiamata di Matteo. Ora capivo perché da bambina mio padre mi avesse portato così spesso a visitare quelle opere nelle chiese dove erano custodite.

«Adesso però tocca a me la domanda. Vediamo un po'...

Qual è la cosa a cui non potresti mai rinunciare?» chiese quella notte, seduta sulle sue ginocchia.

«La mia *escargot*» rispose mio padre abbracciandola, con una convinzione che non poteva sapere l'avrebbe accompagnato per tutta la vita.

Una mattina di maggio Pauline e mio padre erano andati a visitare la cappella Sistina, e sotto le volte in cui Michelangelo aveva ritratto cinque possenti sibille, Oliviero le aveva raccontato la storia della sua famiglia, della malattia di sua madre, di chi era sua nonna, e di Nora. Ciò che quella sera non aveva confessato nel gioco delle domande gli era sgorgato fuori tutto d'un colpo sotto lo sguardo vigile di quelle sacre veggenti.

«Non ho mai detto a nessuno di questa storia prima» ammise. E alla fine si sentì liberato.

Lei rimase commossa. «Devi portarmi laggiù, Oliviero, ti prego. Voglio conoscere i tuoi monti.»

«Lì ormai ci sono solo i miei morti.»

«E Nora? Non merita un viaggio? Non dirmi che ti sei dimenticato di lei.»

Pauline sapeva come far risuonare le corde più profonde dell'emozione. E non c'era nulla che lui le avrebbe negato. Così, una primavera di trent'anni prima, mio padre e la sua donna avevano intrapreso insieme lo stesso viaggio che quel giorno ci faceva ritrovare dopo tanto tempo. Anche loro erano partiti in macchina, una jeep presa in affitto, e durante il tragitto avevano parlato a lungo della tempra delle donne marchigiane, del Guerrin Meschino e delle leggende nate intorno alla grotta della Sibilla.

Poi arrivarono davanti alla casa che era stata dei suoi nonni. Oliviero volle fare un giro intorno alle mura prima di bussare alla porta. Le capre non c'erano più e la stalla era diventata un deposito di cose dismesse.

«Un micio! Sembra il padrone qui, forse dobbiamo chiedere il permesso a lui» aveva esclamato Pauline. Una famiglia di gatti vagabondava nel cortile e uno di loro, cieco e tigrato, se ne stava raggomitolato sul davanzale di una finestra con l'aria di aspettare qualcuno.

«Evidentemente attendeva Nora, perché quando lei venne ad aprire la porta, corse a disegnarle un otto tra i polpacci per poi scortarla fino al tavolo davanti al camino. Nora mi accolse come se non fosse passato neanche un giorno. Non era arrabbiata con me per il fatto che fossi sparito.»

Lo chiamava «l'artista» e gli dava qualche scappellotto con fare affettuoso. «Issu c'ha i pensieri» diceva di lui, rivolgendosi a Pauline. «E non s'accorge del tempo che passa. Per questo sono tanti anni che non torna.» Sembrava averlo capito più di chiunque altro. Ed era interessata a come fosse stata accolta la sua arte in città. Lei, che in passato era stata così silenziosa e riservata, non faceva che porre domande, sull'Accademia, sui suoi disegni. «Vedrai» disse a un certo punto, sempre rivolgendosi a Pauline «cosa ce combina» ed era certa che un giorno l'avrebbero riconosciuto in tutto il mondo.

Nora era ancora relativamente giovane, neanche cinquant'anni, anche se sembrava già vecchia, ancora più magra, con i capelli lunghi e grigi, portati sciolti, un cappello di lana in testa e un grembiule scolorito, intriso di odori. Al tempo non era ancora così conosciuta come veggente, ma aveva accolto l'eredità di Antina e riceveva gente in casa che le chiedeva consiglio. Come quando la nonna era in vita, c'era anche chi veniva da lontano per farsi diagnosticare malattie o suggerire rimedi con erbe e decotti. Nemmeno Nora accettava soldi in cambio, semmai doni di consumo, e non l'avrebbe fatto neanche dopo, con l'arrivo della notorietà. Quel giorno aveva appena ricevuto un frigorifero nuovo da una paziente amica che aveva avuto problemi di pressione e tre calcoli ai reni. «Quelle pietre l'hanno fatta penare. La poveretta credeva d'ave' nu tumo'. Le ho detto di bollire due foglie d'ulivo in un litro d'acqua e di berne tanto.» Pauline era incuriosita dal potere delle erbe, si avvicinò alla vecchia credenza e se le fece mostrare. Nora tirò fuori dell'ortica e le disse che quella era l'erba delle donne. «Ci dà forza, con il ferro, e aiuta con il ciclo, con l'umore.» Invecchiando aveva assunto le movenze di Antina. Gli occhi, sempre più chiari, sembravano inadatti a tollerare la luce del giorno, l'aridità della pelle tutta intorno. Parlava di più, le inflessioni dialettali si erano un po' inasprite e l'artrosi le aveva già incurvato le dita delle mani. Sembrava anche più saggia di come mio padre la ricordava. Senz'altro più consapevole del dono che possedeva.

Servì in tavola una forma di pecorino fresco, accompagnata dalle prime fave. Aveva modi un po' sbrigativi, tuttavia ci aveva tenuto a precisare che, se lo avesse saputo per tempo, avrebbe preparato anche un arrosto di castrato o le sfoglie di pasta tagliate fini come il fieno.

Pauline non sembrava affatto intimidita dalla sua personalità. La guardava sempre negli occhi, cosa che in paese, tra le persone, accadeva di rado. Le rivolse anche, con la grazia che la contraddistingueva, alcune domande sulle sue capacità sensitive, e Nora le rispose apertamente, per la prima volta davanti a mio padre.

«Che cosa vedi?»

«Sento una sensazione di troppo o di poco, e poi mi viene il numero, così per la pressio', per i calcoli e per i globuli del sangue. Io parlo con l'*interno* delle persone. Il loro *esterno* non ne sa nulla.»

Mio padre trovò il coraggio di rivolgerle una domanda: «E quando le persone non ci sono più? Come fai a raggiungere anche loro? Come facevi a parlare con mia madre?».

Nora gli sorrise. Forse aveva atteso a lungo anche lei quella domanda.

«Io non le vedo le persone che non ci sono più» gli disse. «Ma tua madre non era mica morta, Olivie'. Sembrava che dormisse, ma con gli occhi aperti, come Gino, che faceva il formaggio più buono dei Sibilli' e che ora non riesce più a dire niente. Io parlo con chi resta vicino al corpo e non si vede, perché non se ne è ancora ito. Io vedo solo quello. Essa si muoveva in casa e vi stava sempre appresso, anche se a voi pareva che dormisse sulla sedia, e tu non la volevi mai incontrare. Ma io con tua madre ce parlavo spesso, perché se no se sentiva sola, e allora je facevo compagnia.»

Oliviero non volle più ascoltare altro. Si agitò sulla sedia finché Pauline non gli strinse una mano da sotto il tavolo. E Nora, che non poteva vedere quel gesto, sorrise alla ragazza e le disse: «Brava. Non lo molla', sa? Perché non è cattivo, è che non sa come si fa a esprimerlo il bene che c'ha dentro». Pauline ricambiò il sorriso.

In un certo senso sembrava che si annusassero a distanza, come le gatte che s'incontrano nei campi. A Nora piaceva Pauline, il suo modo di parlare così solare, esplicito. Poco dopo se la prese da parte in segno di accettazione e le mostrò la stanza dove dormiva mio padre, con il murale che aveva disegnato da bambino.

Rimasero per un po' a contemplare quel disegno, che era stato fatto solo usando il bianco, il grigio e il nero. Un tratto che poteva sembrare buttato giù in tutta fretta, da lontano era il profilo estenuato di un giovane uomo. Il minimo segno di matita sapeva cogliere l'essenziale, la paura e la miseria, l'attesa e lo scoramento.

Sul comodino c'era ancora il grosso tomo sulla mitologia greca che la nonna gli aveva letto tante volte prima di addormentarsi, e anche la vecchia scatola dei colori. All'appello mancavano solo le uniche tre matite che mio padre aveva consumato tra quella notte e nei giorni a venire. Nel rivedere quelle cose, mi disse di aver avvertito una piccola scossa che lo aveva spinto a riprendersi la scatola e a infilarla nello zaino.

Non si trattennero a dormire, volevano passeggiare per i boschi, sostare nei rifugi, così salutarono la veggente sulla porta con la promessa che presto sarebbero tornati, senza invece immaginare che dopo quella volta Nora e mio padre non si sarebbero più rivisti.

Poco più tardi risalirono la Sibilla attraverso un ghiaione che taglia il versante della montagna in una lunga ferita a forma di zeta. Il cielo era terso, l'aria tiepida e mobile. Raggiunta la cima e arrivati alla famosa grotta, trovarono solo un ingresso bloccato da un cumulo di rocce e resti di legname. Diventata ormai inaccessibile, era stata rovinata da anni d'esplosivi ed esperimenti. Un esempio di come la ragione avesse scavato un varco, in maniera goffa e inopportuna, nei luoghi impervi del mistero.

Fu in quel punto, seduta su una di quelle rocce aguzze, che Pauline gli parlò per la prima volta del fatto che non avrebbe potuto avere figli.

La sua allegria s'era spenta di colpo, un buio che non era mai apparso sul suo volto. «È giusto che tu lo sappia» si era stretta nelle spalle addolorata. «In fabbrica, all'origine, devono avermi montato un pezzo sbagliato.»

Era quello il suo modo di dirglielo. Lei, che agli occhi di mio padre era donna più di qualunque altra, gli stava confessando che non sarebbe mai potuta diventare madre.

Lui la interruppe con un abbraccio e la tenne stretta a sé per qualche istante. La fascia che Pauline aveva in testa impediva ai capelli scossi dal vento di nasconderle il viso, e lei cercava di sottrarsi al suo sguardo. Per la prima volta gli apparve vulnerabile. Ma nulla era cambiato. L'amore è anche il dolore delle rivelazioni, la forza dell'accoglienza. Mio padre non aveva ancora contemplato la possibilità di avere un figlio e in quel momento non gli sembrò difficile l'idea di rinunciarci. Sentiva che erano solo all'inizio di un lungo viaggio e sapeva dove avrebbe voluto condurla. Quello che provava era la sensazione di un vuoto riempito, di uno scopo che si delinea all'orizzonte.

«Tu per me rimani perfetta.»

«Ma non potrò mai darti una famiglia.»

«Io e te *siamo* una famiglia. Siamo il mondo intero. Siamo i soli cittadini dell'unico universo che ho sempre sognato di abitare. Non abbiamo bisogno di nessuno.» E lo diceva sincero.

«*I ragazzi che si amano non ci sono per nessuno*... te la ricordi la poesia?» sospirò mio padre, guardandomi.

«*Essi sono altrove, molto più lontano della notte*... sì, mi ricordo quando mi hai aiutato a impararla alle medie» annuii, stringendo il volante nel tentativo di reprimere un groppo che sentivo salire in gola.

Trascorsero quella notte abbracciati in un rifugio a millecinquecento metri, dopo aver diviso il pane e il formaggio con una famiglia di pastori. La mattina seguente, la luce rischiarò la piccola stanza di legno e si posò sul corpo di Pauline che stava ancora dormendo. Ne accarezzò le forme. Nulla in lei era casuale, nemmeno in quel momento, raccolta su se stessa come un feto. Mio padre la osservò a lungo. Temeva che al posto delle caviglie sottili potessero spuntarle dei *piedi di capra*, come accade alle fate dei Sibillini con la luce del giorno. Invece Pauline aprì gli occhi, restò umana, e gli sorrise.

«Mi spii?»

«Cerco di rubarti tutto quello che posso.»

E si chinò a baciarla.

Mentre il sole saliva nel cielo, ridiscesero la Sibilla per raggiungere il monte Vettore. A destra della chiesa della Madonna dell'Ambro, un piccolo sentiero nel bosco conduceva alla vetta. Lì spuntarono nel luogo che sarebbe apparso nel disegno di mio padre. Lei si voltò a guardarlo. Alle sue spalle la striscia blu dell'Adriatico delimitava l'orizzonte e, mille metri più in basso, si scorgevano gli altipiani carsici di Castelluccio, puntellati da fiori bianchi, gialli e viola. Mio padre tirò fuori un foglio dallo zaino e due matite dalla scatola dei colori, il rosso e il verde, e decise di ritrarla.

Pauline rideva con i capelli al vento. Prima di sdraiarsi insieme su quel fazzoletto d'erba tra le rocce, Oliviero le tolse la fascia che li teneva raccolti e le svelò il suo progetto. Al ritorno in città si sarebbe dedicato alla scultura. Era da tempo che sentiva la necessità di farlo. Avrebbe cominciato con la tecnica di Medardo Rosso: la cera e il gesso dentro, a sostegno. E nella sua prima opera, dalla forma appena accennata di un corpo femmineo e filiforme in posizione fetale, avrebbe nascosto la sua fascia per i capelli. Sarebbe stata la prima di una lunga serie di sculture contenenti qualcosa che le apparteneva. Un oggetto di Pauline, come un utero di stoffa in un corpo di cera. La sua unica eredità nel mondo: consegnare l'oggetto del suo amore ai posteri nella forma di una promessa.

«Ho chiesto a Mister Brady cos'è l'amore.»
«E lui cosa ti ha risposto?»
«Di chiederlo a te o alla mamma.»
«Mmm… risposta efficace. E questo cos'è?»
«Un disegno per la maestra. Questo è il cielo, poi ci sono la scuola, il giardino e i bambini che fanno ricreazione.»
«Metti la terra al posto del cielo e guardalo così. L'amore fa questo, Viola, ti costringe a guardare le cose da un punto di vista nuovo. Ma tu non devi smettere mai di credere in quello che vedi. Anche quando tutto appare sottosopra.»

La mitologia racconta che Circe offrì a Ulisse una bevanda in un calice per sedurlo e trascinarlo con sé nell'oblio. Mio padre citò la maga dell'*Odissea* per raccontarmi l'ingresso di mia madre nella sua vita. L'avevo seguito fin lì per conoscere la verità. Ma non ero preparata a scoprire che ero stata uno sbaglio del destino. Una figlia rubata.

Lui e Pauline avevano trovato un equilibrio di coppia in quegli anni romani, costellati di uscite e frequentazioni che avevano lo scopo principale di far conoscere nell'ambiente i quadri e le sculture di mio padre. Per quanto fosse umorale e concentrato sul lavoro, oscillava come tutti gli artisti tra il bisogno di arroccarsi nella sua arte e quello di trovare riconoscimenti nel mondo esterno.

Si recavano spesso in una trattoria del centro, frequentata da *bohémien* e intellettuali di vario tipo. Pauline, la sua Galatea (era così che mio padre amava chiamarla, come la statua animata da Afrodite nel mito di Pigmalione), tesseva le trame di quei rapporti con la pazienza di un demiurgo e il fascino di una sibilla. Era la donna ideale, animata da passione e premure, gelosa ma senza alcuna smania di controllo, sempre allegra. L'unica in grado di assecondare i suoi eccessi, di dare voce ai suoi silenzi.

Eppure il pericolo era alle porte, perché se Circe era la figlia di Elio, il dio del sole, mia madre, Leda Gianni, portava l'influente cognome di mio nonno, un noto critico d'arte, ed era da poco entrata a far parte di quel mondo, iniziando a lavorare in un'affermata galleria.

«La sera che c'incontrammo, entrò nel ristorante avvolta in un cappotto di almeno due taglie più grandi, anche se settembre non era ancora finito e fuori faceva caldo. Una frangetta geometrica e impeccabile a incorniciare un viso da bambola e, sotto il cappotto, un tubino grigio. Elegante, sofisticata, con gli occhi da cerbiatto e il rossetto color rubino sulle labbra sottili. Siete due gocce d'acqua, ma le labbra no, le tue sono più carnose... Unica eredità delle mie origini contadine.»

Lo guardavo, seguendo la linea della sua bocca muoversi, mentre dava voce al flusso dei ricordi: ed era vero, nonostante i segni del tempo, assomigliava alla mia.

«Leda era in compagnia del titolare della galleria e di un pittore che grazie alla loro promozione stava ricevendo molti consensi» continuò. «Si sedette al tavolo accanto al nostro. Con me e Pauline c'era Rivetti, un fotografo che aveva fatto un servizio sui miei lavori per una rivista inglese. La conosceva e si voltò a salutarla...»

«Che coincidenza» disse Rivetti. «Stavamo giusto parlando del ruolo provvidenziale che oggi le donne ricoprono nel mondo dell'arte.»

«Dopo aver posato per secoli come modelle, dici? È solo il prosieguo di un lungo e faticoso cammino.»

Immaginare mia madre determinata e seduttiva nell'approccio non era per me uno sforzo, ma non potevo credere al fatto che mio padre, di quella dinamica, fosse solo uno spettatore.

«Forse per accorciare le distanze potremmo unire i tavoli» propose a quel punto Rivetti.

«Non oserei interrompere una cena romantica» rispose mia madre. «Ma in questo caso accettiamo per il piacere di sollevare questa bella signora dal peso di dover fronteggiare due cavalieri.» E sottolineò la parola «signora» in un'epoca in cui il termine sembrava quasi un'offesa, relegata a donne in età da pensione, e l'uso del tu era pratica invalsa e quasi obbligatoria, soprattutto in determinati ambienti. Reclamava maliziosamente la superiorità dei suoi pochi anni di giovinezza in più.

Pauline, che non si sentiva a disagio neanche in mezzo a mille cavalieri, e aveva lottato affinché i concetti di deferenza e supremazia tra uomini e donne venissero azzerati, finse di accogliere di buon grado la proposta.

«Quanto è preziosa la solidarietà femminile» rispose con un sorriso amabile, senza far trapelare alcun filo di ironia.

La cena proseguì in un carosello di conversazioni brillanti e presentazioni di progetti.

«Dovrebbe essere il mese prossimo, una riunione libera di artisti provenienti da tutta Europa, che occuperanno Place de la Bastille per trenta giorni e mostreranno i propri lavori, ognuno ritagliandosi uno spazio» stava raccontando Pauline con tutta la passione che la contraddistingueva. «Ci stiamo organizzando perché Oliviero partecipi, è una buona occasione per farsi conoscere a livello internazionale e per rimanere indipendente… Un gesto anche simbolico per liberare l'arte dalle prigioni di certe logiche…»

Leda guardò il suo socio, il direttore della galleria, con un'aria studiatamente affranta.

«Che peccato, vero, Lorenzo?»

L'uomo annuì. Mia madre si spiegò con aria ammaliatrice.

«Proprio a maggio, in galleria, allestiremo una mostra degli artisti emergenti più promettenti. La selezione verrà effettuata da mio padre e credo che uno dei nomi su cui volesse puntare fosse proprio quello di Oliviero De Angeli. Ma capisco che anche un'azione rivoluzionaria come quella della Bastille abbia il suo peso...»

Tornando a casa, Pauline espresse il suo disaccordo su quella proposta: «Non dirmi che vuoi accettare. Rischieresti di legarti a un gruppo, di far sì che la tua arte si confonda... Diventerebbe un cordone difficile da recidere».

«Non ho ancora le forze per andare avanti da solo, sono agli inizi, e Augusto Gianni è uno dei critici più autorevoli in Italia. Ho bisogno di uno sponsor.»

«Hai bisogno di uno sponsor per i tuoi quadri o per la tua vanità? Mi sembra che Leda non abbia fatto altro che coltivarla per tutta la cena.»

Mio padre fu al tempo stesso lusingato e incuriosito dalla gelosia di Pauline, e reagì scherzoso: «Ma che ti prende? Pensi davvero che possa piacermi?».

«Sto parlando della tua carriera, di quello che credo sia giusto per te. Quella donna vende arte come venderebbe automobili, per lei è solo merce!»

«Se mi ha scelto, forse sono una merce migliore di altri, tutto qui, no?»

«Non sono un'ingenua, Oliviero. Conosco il mondo e conosco le donne. E ho letto nel suo sguardo le sue intenzioni.»

«Non conosci me, allora. Non abbastanza da capire che non m'interessa. Non potrei mai farti del male.»

Era la prima volta che discutevano. Pauline era spiazzata.

«Si sentiva defraudata di qualcosa, capisci? Il nostro amore, fatto di sorrisi, di serenità, di armonia, per la prima volta subiva uno scossone» sospirò mio padre, giocherellando con l'accendisigari sul cruscotto. «Camminava lenta sui sampietrini, adducendo la colpa ai tacchi che indossava di rado e continuando a insistere con argomentazioni razionali... Ma era gelosa. Il mostro verde della gelosia aveva fatto ormai la sua comparsa.»

Qualche giorno più tardi, mia madre li invitò a una festa nell'elegante villa che mio nonno possedeva alle porte della città. Accolse Pauline in casa con affabile gentilezza. Aveva cambiato atteggiamento: all'improvviso le dava credito, cercando di ottenere il suo consenso. Si rivolgeva direttamente a lei per elogiare i lavori di quel suo compagno che tanto la interessava professionalmente, le sculture che avevano il merito di cogliere l'essenza di un femminile senza forme, con materiali insoliti, lavorati con tecniche complesse.

«Come si dice, dietro un grande uomo c'è sempre una grande donna, mia cara, e immagino quanto sia importante il tuo contributo in tutto ciò.»

«Oh, vedo che anche tu ami i luoghi comuni, proprio come me» le rispose Pauline, prendendola affettuosamente sottobraccio come una vecchia amica ed esibendo un candore che costrinse mia madre a ignorare la battuta. «Sai, io adoro i proverbi, per esempio come *di' a nuora perché suocera intenda...*» proseguì. Ma era il gioco delle parti e mia madre si era perfettamente calata nella sua. Tant'è che fermò il cameriere con il vassoio dello champagne per prendere un calice per sé e uno per la sua rivale: «Allora brindiamo alla nostra nuova amicizia! *Santé*, giusto?».

«Erano così diverse... si vedeva persino da come vestivano» rammentò mio padre.

Pauline aveva scelto per l'occasione un ampio caffettano in seta arancione decorato di perline, che cadeva morbido senza lasciar intravedere i profili del suo corpo, mentre Leda indossava un vestito stretto, scollato sulla schiena, dove ciondolava una catenina di brillanti. Erano davvero il diavolo e l'acqua santa? Riuscivo a immaginarla, mia madre, prima che diventasse mia madre, altezzosa, come la ricordavo da bambina, prima che l'abbandono finisse per consumarla, quando divenne sottile come un cerino e svuotata come quei posacenere anneriti che teneva in casa quando abitavamo insieme.

Quella sera era raggiante, una perfetta padrona di casa. Lanciava sguardi affilati in direzione di mio padre, che non mancò di intercettarli e di andarle incontro compiaciuto, liberandosi da un gruppetto che si stava dilungando troppo in disquisizioni teoriche. Mio padre era uno pratico.

«Ho sentito dire che stai quasi decidendo di abbandonare la presa della Bastiglia per la nostra *piccola* galleria...»

«A volte la storia bisogna pur riscriverla» chiosò lui. «Sì, ci sto pensando.»

«Purché sia una scelta e non una rinuncia. Non potrei sopportarlo» ammiccò lei con i suoi occhi profondi, lanciando uno sguardo allusivo a Pauline in fondo alla sala.

Se mia madre voleva qualcosa, era testarda nell'ottenerla; che si fosse innamorata di lui io lo sapevo, ma che lo avesse rubato a un'altra donna stentavo a prenderlo per vero.

Per mio padre, la possibilità di partecipare alla mostra che il suo futuro suocero stava mettendo in piedi divenne concreta nelle settimane successive. Ci furono altri incontri, sopralluoghi in galleria, cenacoli con artisti che facevano capo al fermento di quegli anni. Oliviero si lasciava blandire, attirare nella rete, fingendo l'ingenuità di tutti i veri complici.

Una sera, dopo ore passate al Caffè Rosati a discutere su quale fosse la sequenza di opere da esporre, verso mezzanotte Pauline si alzò e lasciò la compagnia.

«Vado a casa.»

«Mi aspetti sveglia?»

«Certo, lo sai che non riesco a dormire senza di te» gli sussurrò dolcemente.

Ma mio padre quella notte non si presentò a casa prima dell'alba. Aveva l'alito che puzzava di alcol e la faccia stropicciata. Non si aspettava di trovarla in piedi, con ancora i vestiti della sera prima.

«Non sei andata proprio a letto?»

«Io no. Tu?» disse lei con tono di sfida.

Pauline, la sua Galatea, non aveva paura di mostrarsi per quello che era, di alzare la voce, piangere, sudare.

«Scusa, tra una chiacchiera e l'altra si è fatto giorno e abbiamo aspettato per fare colazione insieme.»

«Non sento odore di caffellatte.»

«Che dovevo fare, mollare tutti e scappare a casa? Non sei tu quella che sostiene che l'unica vera ispirazione è la libertà?»

«Dovevi solo avvertirmi. Sono stata in pena tutta la notte. Ho immaginato che ti fosse successo qualcosa di terribile. Ma forse non mi sbagliavo» urlò sbattendo la porta alle spalle. Ora era lei che aveva bisogno di andare a fare colazione fuori. Oliviero fece per raggiungerla lungo le scale, ma Pauline lo bloccò con uno sguardo intenso, carico d'amore: «No, quando si litiga ognuno deve rimanere per conto suo. Altrimenti il litigio è inutile» e imboccò il portone proteggendosi con la mano gli occhi dal sole.

Fedele a una disciplina semplice, che non comportava complotti e agguati, Pauline era intenzionata a difendere il suo amore, ma le discussioni, i malumori, le incomprensioni cominciarono a moltiplicarsi.

«E anche gli errori da parte mia. Ero come irretito da tutto un mondo a cui non sapevo sottrarmi, di cui la regina era tua madre.»

«Stai dicendo che la mamma era una strega?»

«Sto dicendo che non sono mai stato abbastanza forte per resistere a certe tentazioni» tossicchiò lui.

Pauline non era in grado di serbare rancore, per lei ogni giorno nuovo voleva dire ricominciare da capo. Perciò continuava a riempire i vasi di fiori freschi, a fare la spesa al mercato, a bussare alla porta dello studio a metà mattina con un dolcetto per il suo maestro, come amava chiamarlo. In quella storia ci credeva e s'impegnava per renderla unica. Ma no, non poteva farsi calpestare.

Dopo l'inaugurazione di un vernissage, un venerdì, si recarono nella galleria dove lavorava Leda per discutere di alcune proposte. Il catalogo di Oliviero era aperto sul tavolo, lui in giro a studiare gli spazi e il modo in cui erano stati allestiti. Pauline rimase sola davanti alla sua rivale, con le spalle appoggiate alla parete di acciaio e il bisogno di difendersi. «Ti piace quella scultura?»

«Sei tu?» le chiese Leda.

«Non lo sono mai. Ma sono dentro quei gessi e quelle cere più di quanto si possa immaginare.»

Leda piegò la testa in una smorfia incuriosita.

«Oliviero riempie tutte le sue sculture con qualcosa che mi appartiene e che mi sottrae continuamente» proseguì, sforzandosi di mascherare quelle parole con lo stupore di una lusinga. «Finirà per portarmi via tutto» aggiunse sorridendo.

Mia madre non perse tempo e alla prima occasione riferì a mio padre quello che le era stato confidato. E se Oliviero poteva sopportare la gelosia di Pauline, era però troppo geloso della sua arte per accettare che lei se ne facesse vanto davanti a una sconosciuta.

«Come ti è venuto in mente di dire a quella donna una cosa del genere, così nostra?»

«Tu hai fatto molto peggio: stai rovinando per lei l'unica cosa davvero nostra. L'amore.»

«Sai qual è il tuo problema? Che parli a vanvera! Sprechi parole su parole senza mai fermarti...»

«Ok, da oggi non aprirò più bocca» minacciò Pauline indispettita, lo sguardo fisso a terra, la figura immobile di una statua abbattuta.

Da quel momento lo fece sul serio. Continuò a comportarsi come sempre, mantenendo le stesse abitudini, come forgiare la creta con le mani in forme sempre nuove, così come faceva a volte per il pane fresco, solo non rispondeva più a Oliviero né gli parlava.

Il primo giorno quel silenzio a lui sembrò quasi ristoratore, dopo le urla che avevano scosso il loro piccolo rifugio. Il secondo cominciò a inquietarlo, il terzo divenne più assordante di qualsiasi rumore. Pauline era una musica in casa e ora quelle stanze sembravano vuote. Oliviero protestò, strillò, s'imbestialì, ma per Pauline la lezione non era ancora finita: voleva che recuperasse il rispetto che aveva di lei, prima di tutto. La cura ebbe invece l'effetto opposto, perché, dopo il furore iniziale, mio padre assunse l'incomunicabilità come alibi, tornava a qualsiasi ora senza bisogno di avvisare, rimaneva fuori quasi ogni sera.

Una notte, dopo una festa organizzata da Leda cui Pauline non si era presentata, elettrizzato dall'alcol e da sostanze di ogni tipo, mio padre aveva accompagnato una ragazza a casa ed era finito a letto con lei. Al mattino probabilmente non si ricordava neanche il nome, ma le tracce di rossetto sulla sua camicia erano più che eloquenti.

«È assurdo, dopo tutti i suoi sforzi, tua madre non avrebbe potuto crederci: io e Pauline ci lasciammo perché l'avevo tradita con una sconosciuta che non avrei mai rivisto invece che con lei.»

Pauline, raggomitolata sul letto, si teneva quella camicia stretta al petto come un feticcio: era una specie di passaggio di testimone tra lei e chi sarebbe venuto dopo nella vita di mio padre. Sembrava una bambina. Non sapeva che non era Leda la donna di quei baci, ma ormai non aveva più importanza.

«Mi dispiace, non ce la faccio» disse all'improvviso rompendo il suo silenzio dopo giorni.

Mio padre si riscosse a sentire finalmente la sua voce e andò a sedersi accanto a lei. Le accarezzò le caviglie, la osservò con pena sincera mista a compiacimento: «Perché, amore mio? Perché ci stiamo facendo questo?».

«Il mio guscio si è rotto. L'*escargot* non c'è più...»

La voce di mio padre divenne quasi un sibilo, vedevo le mani tremargli: «Mi buttò le braccia al collo e mi diede l'ultimo tenerissimo bacio. Il più struggente. Si era arresa, senza rancore. Lo scettro della vittoria era passato nelle mani di Leda».

Mi stava chiedendo di credere all'esistenza di una chiaroveggente, alle sibille e ora anche all'evidenza di una madre manipolatrice. Quale altra invenzione dovevo ancora sorbirmi per fare di lui l'unico innocente?

«Dov'eri mentre queste due donne lottavano per te?» gli chiesi sarcastica.

«Io sono quello che sono, Viola» mi rispose lui. «Tua madre l'avrei voluta solo per il gusto di possederla. Pauline mi conosceva meglio di quanto io stesso fossi disposto ad ammettere. Ero un ragazzo, e nel mio sangue scorreva anche il sangue dell'uomo che mise incinta mia madre. Ma all'amore si deve rispetto, e al tempo non riuscivo a capirlo. Le donne come Pauline ti offrono l'anima su un piatto. Puoi pensare di farne un banchetto, ma stai anche certo che poi spariranno senza reclamare il conto. E che anche senza un'anima avranno la forza di camminare sempre dritte. Non si faranno vedere mai più. Avrei potuto fermarla, rassicurarla, chiederle di restare. Era la mia Galatea, l'amore della mia vita. Invece l'ho lasciata andare. Questo è Oliviero De Angeli: un vigliacco.»

Quella mattina, Pauline prese i suoi vestiti e lasciò la tana dove avevano abitato insieme per quasi tre anni. Doveva tornare in Francia perché in quelle condizioni non si riconosceva più. Aveva bisogno di tempo, per capirsi. Mio padre non la cercò. Invece di andare a Parigi a riprendersela, lasciò trascorrere molto tempo. La mostra di mio nonno si stava definendo anche grazie a lui. Così una sera telefonò a mia madre e le chiese un appuntamento. Aveva deciso di firmare il contratto che lo avrebbe legato alla galleria per l'anno successivo.

Una volta che tutto fu definito, Leda sollevò in aria un calice nel gesto festoso di un brindisi. I capelli sciolti sulle spalle che emanavano un buon odore. Un vestito di chiffon leggero e lo sguardo lascivo, come la Circe ritratta da Waterhouse nel 1891. Oliviero la condusse sulla scrivania facendola sdraiare e iniziò a toccare sapientemente tutti i punti di quel corpo che non aspettava altri che lui.

Non so se fui concepita tra quei fogli appena firmati, nella villa di mio nonno o nella mansarda di Trastevere dove abitava mia madre. So solo quello che mio padre mi stava dicendo: che non aveva smesso di pensare a Pauline un solo istante, e che quando lei alla fine dell'anno tornò dalla Francia, si accorse di quanto gli fosse mancata, con tutte le sue insicurezze e la sua gelosia. Era pentito.

«Dimmi che sei tornata per me» la implorò.

«Sono tornata perché volevo passare il Natale qui.»

Le disse tutto. Le confessò di aver desiderato e odiato quella donna sin dal primo giorno, e di anelare a un posto in quella mostra tanto quanto a un paradiso governato da un diavolo dell'inferno. Anche se l'incantesimo si era rotto, Oliviero voleva mostrarsi a lei per ciò che era, completamente nudo. Confidava nelle parole che una volta gli aveva detto sua nonna Antina, che il perdono è femmina.

«Scoprire un tradimento può anche essere liberatorio, sai?» mi disse. «Pauline non era sorpresa, sapeva che sarebbe accaduto quando se n'era andata. Era ferita, questo sì. Le avevo dimostrato di non essere diverso da suo padre e da tutti gli uomini che l'avevano delusa. Avevo dato conferma ai suoi timori. Ma in quel momento mi vedeva sincero e mi amava contro ogni logica. Sapeva che avrei fatto il possibile per non deluderla più e mi diede una seconda opportunità. Mi sembrava il più bel miracolo che mi potesse capitare.»

Finché un giorno di due mesi dopo mia madre si presentò, incinta, alla loro porta.

«Potrei anche pensare di competere con altre donne per il resto dei miei giorni» gli confessò Pauline prima di lasciarlo, ferma sulla soglia con le valigie ai piedi. «Ma non con una nuova vita che viene al mondo. Tu darai un padre e una famiglia al figlio che io non posso darti, e mi prometti che non mi cercherai mai più.»

Oliviero, che aveva dimostrato a se stesso di essere in grado di tradire una donna tanto quanto una promessa, disse a Pauline che l'avrebbe lasciata andare, e sapeva che questa volta non sarebbe venuto meno alla parola data.

Immaginavo quella donna dai capelli rossi che usciva dalla vita di mio padre, e mia madre che ne prendeva il posto, con la sua faccia infelice anche quando non lo era affatto. Sentivo tutto il peso di quel grembo, che era anche il peso della mia anima, e vedevo mia madre come era stata ritratta, davanti all'altare, con lo stesso vestito bianco che io avrei indossato venticinque anni più tardi, nelle stesse condizioni. Al volto di una Circe si sovrapponeva quello di una Madonna in attesa nel giorno di Natale, e io ero il bambino che nasce per togliere i peccati del mondo.

Eravamo arrivati a un passo dalla nostra meta. Montemonaco ci attendeva alla fine della strada con il suo albergo Miramonti abbandonato alle spalle. L'insegna arancione, spenta da chissà quanti anni, a sovrastare l'agglomerato di case in pietra rosicchiate dai secoli, dalla neve e dalle piogge.

Mi sembrava di non ricordare più nulla di tutto quello che avevo attraversato per arrivare fin lì. Ero stata talmente assorbita dai racconti e dai sentimenti che mi avevano suscitato, che, mentre guidavo, non avevo fatto caso al paesaggio. Il panorama che ci si apriva innanzi era quello di un luogo di montagna morbido e accogliente. Persino gli orli delle creste innevate apparivano quasi malleabili, in armonia con le onde levigate dei boschi e delle colline sottostanti. La neve si era sciolta quasi ovunque, ne rimanevano tracce lungo la strada, sui tetti delle case e delle macchine. Appena un filo sopra i rami nudi degli alberi.

In quei giorni di gennaio era il marrone, e non il verde, il colore dominante.

Mio padre mi chiese di fermarci davanti a un bar. Scese dalla macchina e raggiunse la balaustra che consentiva di ammirare il paesaggio. Guardava in basso, nella caligine del fondovalle, i boschi e i fazzoletti di terra coltivati a granturco e patate, le piccole case di sassi e quelle di cemento. Il suo sguardo non era mai stato così malinconico. Rivedeva quei luoghi per la prima volta dopo tanti anni. Mi chiedevo a cosa stesse pensando, se alla sua infanzia, al ricordo di sua madre e di sua nonna, o se invece non ci fosse ancora e sempre Pauline nei suoi pensieri.

Con lui, le frasi pronunciate non avevano mai lo stesso peso di quelle che mi restavano nella mente, allo stato d'intenzione. Ogni volta che cominciavo un discorso, temevo che le parole mi potessero franare addosso, con tutta la loro urgenza e frustrazione. Perciò quel giorno cercai di scandirle bene e di procedere con misura. Non volevo rimpiangere nulla di quel momento che credevo risolutivo: «Tu mi vieni a parlare di amore e di rispetto» gli dissi. «Ma hai il coraggio di dipingere mia madre in quel modo... di svilire la nostra vita, la mia stessa esistenza.»

Mio padre si voltò a guardarmi, come se avesse avvertito lo sparo di un fucile. Poi chiuse gli occhi, smarrito.

«E io che ancora ti vengo dietro, e non ho il coraggio di negarti nulla...»

«Viola...» provò a interrompermi.

«No, ora mi ascolti tu. Accompagnarti fin qui è stato uno sbaglio. Non so cosa speravo di sentirti dire, o forse sì. Semplicemente delle scuse. Per essere sparito. Per non esserci stato quando ho messo al mondo mia figlia o quando ho cominciato ad avere problemi con Paolo. Dov'eri tu? Mamma diceva che eri un egocentrico, un buco nero che ti risucchia. Aveva ragione. Da ragazzina pensavo che fosse colpa mia, di essere troppo intransigente o addirittura troppo limitata, di non avere gli strumenti per capirti. Tu eri l'artista, l'essere speciale. E invece mi sbagliavo, perché eri solo una trottola che girava impazzita su se stessa, e ci respingevi tutti.»

La sua espressione si era fatta scura e fredda, come le rocce della montagna. Mi guardava con sconcerto: «A un padre si chiede solo di esserci, è vero, e io ho attraversato questa vita il più delle volte senza essere presente nemmeno a me stesso. Non ne vado orgoglioso, ma non posso cambiare il passato. E per quanto mi riguarda, le scuse appartengono più alla forma che alla sostanza».

Piegai le labbra in un sorriso amaro. Scuotevo la testa, sollevando gli occhi al cielo. Volevo dargli l'impressione che qualunque cosa avesse detto da lì in avanti non l'avrei presa sul serio.

«Ti ho aperto il mio cuore» continuò. «Mi sono raccontato come non avevo mai fatto. Tu non sai nulla dei vuoti in cui cado, dei silenzi in cui mi nascondo...»

«E non m'interessano più.» Ma stringevo le mani sulla ringhiera, diffidando di me stessa, trattenendomi dall'impulso di girarmi verso di lui e abbracciarlo una volta ancora.

«Hai la faccia di tua madre» mi disse. «Mi guardi dall'alto in basso, senza sapere di essere stata più volte merce di ricatto. Succede ai padri che se ne vanno, che perdono il loro posto in casa. Tu non lo sai questo, Viola, ma è così...»

«Le hai rovinato l'esistenza» ribattei. «Non l'hai mai aiutata a essere felice.»

«Nemmeno io sono mai stato davvero felice.»

«Tu, sempre tu. E lei? Dovresti vergognarti...»

Mi allontanai verso la macchina e lui mi venne dietro. «Della sincerità non ci si deve vergognare» disse, in modo quasi impersonale, come se non stesse più parlando con me ma affermando una massima filosofica. «Del tempo perso a non trattarti da adulta, credendo di difenderti, di questo sì...»

Accelerai senza voltarmi. «Qualsiasi cosa sei venuto a fare qui, qualsiasi cosa credevi di ottenere chiedendomi di accompagnarti non mi riguarda. Io non c'entro niente con tutto questo.»

Aprii lo sportello, ma prima che potessi risalire in macchina, mi fermò con uno sguardo severo, lucido: «Se mi facessi finire, capiresti che tutto questo c'entra eccome con te...».

«No, invece. È stato uno sbaglio venire qui. È meglio per entrambi se torno indietro.»

Di fronte alla mia minaccia si rimpossessò del suo solito tono, simulando indifferenza: «Se credi che tutto questo non abbia importanza, allora d'accordo. Ma non siamo ancora arrivati. Ora mi accompagni nella casa del mio amico, ti fermi per la notte, e domani, con calma, ti rimetti in viaggio».

Non era la prima volta che mi dava ordini in quel modo, come se tutto gli fosse dovuto per il semplice fatto di chiederlo. Ci guardammo negli occhi ancora un istante, la sfida più lunga; poi rientrai nel tepore dell'abitacolo, tremando per il freddo. La tentazione di piantarlo lì era fortissima. Fece il giro e si rimise al suo posto, sul sedile di fianco. In attesa. Rimanemmo immobili per un tempo indefinito. Due bolle di vetro che non si sfiorano.

Poi, lentamente, misi in moto. Lui si soffiò il naso e riprese a darmi indicazioni, con tono impersonale. Il nostro scambio si ridusse all'essenziale, come due sconosciuti che si ritrovano insieme per caso, ma senza più la cortesia dovuta all'imbarazzo iniziale.

In quel lasso di tempo dove ogni gesto faceva rumore, imboccai la strada che riscendeva a valle e seguii i cartelli per Isola, lasciando Foce e Rocca alle spalle. C'era anche una scritta che indicava la Sibilla. Ripensai alle fate e alle streghe, alle storie della sua gente. L'avrei lasciato lì senza sapere cosa l'avesse spinto a tornare. L'orgoglio era la nostra gabbia: quello che per anni ci aveva allontanati quando nessuno dei due voleva cedere. Fino a qualche tornante prima ne eravamo fuori, ma a quel punto ero certa che nessuno dei due avrebbe più trovato il coraggio di riaprirla.

SI NON SEDES IS
(se non siedi, vai)

«Non scrivi più sul tuo quaderno magico, Viola?»
«Sto pensando.»
«A cosa?»
«Alla storia di un lungo viaggio, come quelli che studio a scuola, sui commerci delle sete e delle spezie. Quando l'avrò pensata tutta, la scriverò.»
«Mi sembra un'idea efficace. Ma non pensarci troppo. Ci sono cose che non richiedono lunghi ragionamenti, e la creatività è una di quelle.»

Guidavo attraverso un paesaggio desolato. Morbido e pungente allo stesso tempo. Ampie distese di campi, macchie di boschi sullo sfondo, qualche piccola casa di roccia. Oltre le colline, spuntavano i profili delle montagne innevate, scolpite dalla luce del pomeriggio che cominciava a ritirarsi. Risalivamo verso un paesino chiamato Isola San Biagio. Il cielo era bianco, la maggior parte dei campi brulli, di un verde scuro, mescolato al colore del fango. La neve, ormai sul punto di sciogliersi, non era che una garza leggera, stesa a spegnere ogni contrasto.

L'Isola San Biagio, dove ci stavamo addentrando, appariva come un silenzio di pietra, un mondo dove il tempo sembrava essersi fermato. Una manciata di case e un piccolo slargo con una fontana al centro. Un pollaio recintato, uno spiazzo per raccogliere il fieno. Mi colpì un'insegna di legno con la scritta di vernice dalla calligrafia infantile: «Agriturismo Le Fate». C'era una falciatrice sotto una tettoia scalcagnata. Le finestre erano chiuse e in giro non si vedeva un'anima. Lo attraversammo in un mutismo quasi ossequioso. Proseguendo lungo la strada, un centinaio di metri più avanti, fecero capolino due cartelli stradali di un blu cobalto, una nota stonata che annunciava il confine tra Fermo e Ascoli Piceno. Mentre la valle incontaminata si apriva sotto di noi come una visione del regno dei cieli, mi chiedevo da dove potesse nascere l'esigenza di piantare proprio lì in mezzo quel genere d'informazione. Tornavamo a scendere, lasciandoci il monte Sibilla alle spalle, verso Colle Regnone. Ripensavo a Pauline, e aspettavo di vedermela comparire davanti da un momento all'altro.

L'amico che ci avrebbe ospitato abitava in un luogo sperduto, sotto il paese, nella valle, ai piedi della Sibilla. La strada era ora un passaggio tra zolle di neve scomposte. Mio padre mi chiese di fermarci e di lasciare lì la macchina. C'era un pick-up grigio parcheggiato al lato della strada, e subito dopo l'ultima curva mi accostai al suo fianco. Lui uscì per prendere le borse dal bagagliaio e se le caricò in spalla.

«Cosa fai? Ti aiuto.»

«Lascia stare.» Era di nuovo freddo, distante. «Proseguiamo a piedi, sono solo pochi metri. La casa è laggiù, in mezzo al bosco, la macchina non è adatta per arrivare fin lì.»

Aveva un tono di voce che dava disposizioni e non ammetteva repliche. Non sopportavo che mi parlasse a quel modo. Mio padre era l'apoteosi delle contraddizioni, dei contrasti. Un uragano che ti sconvolge la vita, ma capace poi di ritirarsi di colpo, come faceva durante le sue visite improvvise mentre ero al liceo, quando pretendeva di piombare a trovarmi in un giorno qualsiasi e comportarsi come se fosse l'ultimo dell'anno. Per lui ogni nostro incontro era l'ultimo dell'anno, peccato che mancavano all'appello i trecentosessantaquattro giorni precedenti. Era convinto di poter azzerare il conto con la sua euforia contagiosa. Salvo poi sgonfiarsi come un soufflé se non reagivo con lo stesso entusiasmo. Se non mi sentivo un'invitata voluta a quella festa. E ora più che mai sapevo di non essere stata invitata nella sua vita. Mi aveva subìto, finalmente lo aveva ammesso, con tutta la violenza che questo implicava.

Mentre lo seguivo, mi rendevo conto di quanto fosse inadatto il mio abbigliamento rispetto al suo. I suoi scarponi non affondavano nella fanghiglia come i miei mocassini. Le folate di vento mi attraversavano i pantaloni fino a mordermi le gambe. Per effetto degli sbalzi di altitudine, mi si erano otturate le orecchie e percepivo il respiro nella testa. Intanto lo seguivo muta, addentrandomi in una boscaglia di carpini, olmi e ciliegi. A sinistra s'intravedeva tra i rami una distesa d'erba. In fondo, oltre i campi della vallata, spuntava un paesino arroccato su un basso altipiano con le prime luci dei focolari accesi.

Pensavo a Pauline, e a tutte le donne che avevano lasciato un segno nella vita di mio padre. Alle loro esistenze sepolte nella sua memoria, interrate come le radici di quegli olmi. A sua madre, nonna Antina, Nora. Al loro lavoro nella terra, alle erbe ordinate per nome nella credenza. A quanta distanza ci fosse tra quel mondo e il mio. In quel momento avrei voluto avere sottomano uno di quei quaderni con la copertina rigida, costellata di piccolissimi fiori, che usavo da ragazzina per scrivere le mie fiabe e che chiamavo magici. Avrei voluto appuntare le parole che mi restituivano quelle immagini e le mie sensazioni. *Mite reticenza, sentieri di femminilità, sapore di vino e miele nelle notti incantate, mostri verdi della gelosia.*

Poi il sentiero si fece ancora più pendente, s'incurvò per attraversare un fiumiciattolo. Pur con tutto il carico delle nostre borse sulla schiena, mio padre procedeva a passo svelto. Lo seguivo come un elfo obbediente. C'era qualcosa di fiabesco e conosciuto in quel piccolo bosco. Il silenzio era rotto dal rumore dell'acqua del ruscello che scendeva copiosa e dal vento che scuoteva le piante. Le dita adunche dei rami spogli si sporgevano a ghermirci e s'intravedeva nel bosco un grande casale a due piani col tetto spiovente, il cui lato sinistro era costituito da un portico con le colonne di legno. C'era un cartello di compensato con incisa una scritta in corsivo: *Eremo delle rose*. Ci spingemmo fino all'ingresso. Poi lui bussò e rimanemmo in attesa, uno di fianco all'altra.

Se è vero che ci sono persone che finiscono per assomigliare al luogo in cui abitano, la faccia dell'uomo che aprì la porta mi parlava di quei monti più di quanto non avesse fatto ancora mio padre. Era il racconto di una voce interiore. Mi sembrava di percepirla, in quel silenzio di acqua e foglie. Sotto un cespuglio di capelli scuri e dietro una barba incolta, in un paio di grandi occhi color petrolio, c'era un che di familiare, non solo per il ricordo sbiadito di un giorno di molti anni prima, ma per qualcosa di più sottile e ineffabile, che avrei capito solo molto tempo più tardi.

«Lei è Viola, tua figlia, me la ricordo. Ci siamo incontrati a Parigi. Io sono Tomer.»

Non mi aspettavo di ritrovarmelo davanti dopo tanti anni. Accennai un sorriso imbarazzato, tentando di fuggire il suo sguardo. Sembrava stesse cercando o aspettando qualcosa, mentre io rimettevo insieme i confusi frammenti di quel nostro primo incontro, senza riùscire a dire nulla. Mi sentivo stupida e maledicevo mio padre per avermi messo, suo malgrado, in quella situazione incresciosa. Poi loro due si scambiarono un abbraccio e pacche sulla spalla con fare cameratesco, e a quel punto Tomer smise di guardarmi.

Il corpo nervoso, squadrato e possente. Era molto più giovane di mio padre, poco più di quarant'anni, anche se il sole gli aveva scavato dei solchi in viso che lo facevano sembrare più maturo. L'aria scanzonata ma solida. Indossava un grosso maglione di lana con le trecce e i disegni jacquard, di quelli che si vedevano una volta nelle pubblicità del whisky. E sopra, una camicia di flanella a scacchi che non c'entrava niente, come un macellaio che infila il camice sul vestito della domenica. «Scusate se non mi sono cambiato per la cena, ma da queste parti non si usa» disse scherzoso. Odiavo quelli che mi leggevano dentro al primo sguardo, soprattutto quando si trattava di captare pensieri non particolarmente edificanti. Mi sforzai di mascherare il disappunto, mentre Tomer posava le sciarpe su una rastrelliera.

Al centro della stanza, imponente, c'era un camino circolare di roccia. La casa era essenziale. I muri grossi e irregolari, pietre messe una sull'altra e articolate in una serie di nicchie, alternate a piccole porte, che davano alla struttura un aspetto modulare ma raccolto. C'erano anche degli scaffali pieni di vecchi libri, cataloghi d'arte e di fotografia, un paio d'insoliti strumenti musicali che non avevo mai visto, e un odore diffuso, dolciastro, che si mescolava a quello più acre e ruvido della legna sul fuoco.

«Quanto tempo, Tomer, eh?» Mio padre gli sorrideva, quasi con stupore. «E guarda che posto hai tirato su!»

«È merito tuo, se sono arrivato fin qui.»

«Già» mormorò mio padre. «Ma ora è il tuo posto.» E rimase qualche istante a meditare su quella specie di passaggio di consegne.

«Non so se lo ricordi, Tomer è stato mio allievo alla scuola di Parigi» aggiunse poi, rivolgendosi a me, ma guardando il suo discepolo. Che ricambiava lo sguardo con ammirazione:

«Le più belle lezioni sulla luce di cui conservo memoria. Peccato non avessi il suo talento artistico».

«Fa il modesto, in realtà è diventato un grande fotografo.»

«Ritrarre la realtà e scolpirla con le proprie mani non sono la stessa cosa» si schermì Tomer.

Immaginavo l'avesse affascinato col racconto di ciò che lo legava a quei luoghi, la storia della sua infanzia, e forse anche di Pauline, per spingerlo a prendere casa lì e ad amare i segreti di quei monti. Era evidente che il loro rapporto di amicizia esulava dall'ambiente accademico, avevano una complicità pratica, una familiarità innata.

Mi guardai intorno. Non avrei saputo dire il perché, ma avevo la sensazione che Pauline fosse da qualche parte in casa e che stesse solo aspettando il momento opportuno per farsi avanti.

Ci sedemmo intorno al fuoco, il polmone del rifugio, l'unica fonte di riscaldamento. Accanto a una griglia già rovente, c'era un piatto con della carne tagliata in piccoli pezzi e delle pannocchie. Mi strinsi nelle spalle e avvicinai le mani al camino. Intanto mio padre si era già spogliato, tirando su le maniche del maglione, e si strofinava i palmi sorridendo all'amico con la faccia di chi si è svegliato dopo un lungo sonno. L'asprezza di poco prima si era trasformata in felice condiscendenza per quello che lo circondava. Mi sembrava come uno che per la prima volta si sente a casa.

Anche se li separavano solo quindici anni, Tomer mi apparve per un attimo come il figlio che mio padre avrebbe voluto avere, con cui abbracciarsi e ridere serenamente. Quello che non lo avrebbe giudicato, condannato, processato. Quello che lo avrebbe aspettato senza chiedere niente. Una stretta di gelosia mi afferrò la gola.

«Sono contento che tu sia venuto con lei» disse il fotografo, tornando a guardarmi.

«Riparte domattina. Mi ha solo accompagnato» rispose mio

padre senza esitare, addensando d'ulteriore imbarazzo l'atmosfera.

Avevo dimenticato quanto potesse diventare infantile se colpito nell'orgoglio. Quel gelo che aveva messo tra noi, sommato al disagio dovuto alla presenza inaspettata di Tomer, mi bloccava in un mutismo da cui non riuscivo a uscire. Non ribattei, e di sicuro lui non si aspettava che lo facessi. Se lo avessi sorpreso, per una volta.

Si misero a parlare. Dei vecchi tempi, delle mostre, della vita in Provenza. Anche quando era concentrato sulla brace, sentivo l'attenzione di Tomer su di me. Come in quei giorni a Parigi, quando avevo appena diciotto anni ed ero impregnata di gelosia fino alle ossa.

Ero andata a trovare mio padre per assistere alla sua personale più importante. Durante la mostra era stato sfuggente, preso d'assalto. A un certo punto si era intrattenuto con Tomer a parlare in un angolo. Quell'uomo dai lineamenti irregolari e spigolosi non aveva l'aspetto di un allievo. Al tempo non aveva neanche la barba, ma i capelli molto più lunghi e un'aria d'innata trascuratezza che nessun trend-setter sulle riviste di moda sarebbe stato in grado di riprodurre ad arte. C'era una complicità istintiva tra loro, che suggeriva serate a base di divertimento e conquiste. Io portavo i capelli a caschetto e avevo indosso un tailleur pantalone gessato con delle décolleté ai piedi, mentre intorno a me esplodeva un mondo alternativo, artefatto. Ricordo donne bellissime in anfibi militari e chiodi di pelle. Disinvolte nelle loro capigliature accuratamente spettinate. Avevano quasi il doppio dei miei anni ed ero conciata come la loro professoressa del liceo. Mi sentivo fuori posto, un dettaglio trascurabile, come le hostess all'ingresso o il soffitto bianco senza lampadari degni di nota. Una specie di educanda catapultata in un mondo palpitante e vivido. Una volta sola Tomer mi aveva rivolto una lunga occhiata intrigante, come se qualcosa, nel mio anonimato, fosse riuscito a cogliere la sua attenzione. Il che mi aveva lusingato e intimidito allo stesso tempo. O era solo il compatimento di un adulto per una ragazzina inesperta e inadeguata? Era intervenuto mio padre per presentarci. «Lei è la mia bambina» gli aveva detto, quasi a metterlo in guardia. Ma poi era tornato a ignorarmi, acclamato dai suoi ammiratori. Prima di essere assalito da un gruppo di giornalisti aveva fatto in tempo a dirmi di aspettarlo al bistrot di fronte. Avremmo mangiato qualcosa insieme prima della festa in suo onore organizzata per quella sera. Mi ero trattenuta dall'impulso di fargli una scenata.

Era passata più di un'ora e al bistrot non si era fatto vivo. Guardavo il croque-monsieur nel piattino davanti a me come se potesse darmi una risposta. «Quanto è stronzo mio padre?» Nel silenzio, mi ero alzata di scatto ed ero uscita andandomene per i vicoli del quartiere, fino a imbattermi poi nella vetrina di un negozio di tatuaggi. Mi era sembrata una buona idea per sconfiggere la rabbia, la noia e la solitudine in cui mi sentivo precipitare. Un serpente che addenta una mela avrebbe abitato sulla mia scapola sinistra fino alla fine dei miei giorni: l'avevo scelto sfogliando un catalogo che un improbabile tizio con i capelli blu mi aveva messo tra le mani, pensando a cosa ci fosse al mondo di più lontano dall'essenza dell'arte di mio padre. Tra tutti i soggetti, quello vinceva per banalità e cattivo gusto. E per cause di forze maggiore, l'avrei lasciato addirittura incompleto.

Avevo deciso che alla sua festa non ci sarei proprio andata, ma avevo cambiato idea quando in una boutique lungo la strada avevo trovato una salopette di jeans che, indossata a pelle nuda, avrebbe evidenziato il trofeo che ancora bruciava sulla pelle. Mi ero presentata con un'ora di ritardo, e con l'infantile intento di sfidarlo.

Nel vecchio locale del Marais, i camerieri giravano offrendo cocktail a base di superalcolici. Per farmi coraggio ne avevo subito trangugiato uno. Se nel pomeriggio erano tutti uno sfoggio del primo grunge francese, di sera gli invitati avevano optato per vestiti decisamente eleganti, e io ero una nota stonata in quella sala, un ciuffo di gramigna in un bel prato all'inglese.

Mi guardavano tutti, ma non mi sentivo in imbarazzo, pensavo solo al disagio di mio padre quando mi avrebbe vista. Avevo incontrato Tomer per primo. A differenza di tutti gli altri, dal pomeriggio non si era cambiato e, come me, non spiccava per eleganza. Mi ero avvicinata puntandolo con aria seduttiva.

«Hai fatto acquisti» mi aveva detto con un tono ambiguo.

«Ci tengo a essere elegante per mio padre. Più o meno quanto lui tiene a me» avevo rintuzzato come una tredicenne che non è stata invitata al ballo delle debuttanti, mentre prendevo un altro cocktail dal vassoio del cameriere.

Tomer aveva accolto la battuta con la giusta tenerezza, ma sentivo correre un'energia magnetica tra noi, gli tenevo piantati gli occhi addosso restando in attesa di una sua mossa, e pregustandomi la reazione che avrebbe avuto mio padre di fronte a quella sorpresa.

«Pensavo che certe cose fossero proibite alla tua età» aveva ammiccato lui.

«Cosa? L'alcol? Guarda che sono maggiorenne.»

«No, i serpenti. Sono velenosi, lo sai?» aveva sorriso allusivo. Proprio l'alcol mi aveva resa provocante, come non lo ero mai stata, e Tomer si rendeva conto di avere davanti una ragazzina arrabbiata, perciò mi teneva a bada raccontandomi di un viaggio che aveva appena fatto in India. Del resto della serata ho ricordi confusi, dovevo essere stata del tutto inappropriata. Mio padre si era trattenuto dal commentare il mio abbigliamento, aveva capito il mio obiettivo. E forse era stata proprio quell'ostentata tranquillità a rendermi ancora più furiosa. Invece che lui, ero io quella che si stava vergognando.

A un certo punto mi aveva chiamato un taxi.

«Ti raggiungo in albergo per vedere come stai» mi aveva detto. Sembrava preoccupato e deluso. Poi si era rivolto a Tomer: «Grazie per esserti occupato di lei».

Il suo allievo mi aveva guardato andar via con l'espressione smarrita, gli occhi bassi e le mani affondate nelle tasche mentre salivo sul taxi. Si era occupato di me o aveva giocato con la mia vanità? Prima di salutarmi, mio padre mi aveva sollevato il mento con la punta delle dita: «Mi dispiace per oggi se non sono riuscito a raggiungerti al bistrot. Ma sono stato travolto da una serie di interviste. Se vuoi ce ne andiamo da qualche parte appena finisco».

«No, davvero, sono stanca.»

«Tutto a posto?»

«Tutto a posto.»

Da quel giorno, Tomer non l'avevo più rivisto.

Mi guardai dall'esterno e ripensando a quanto ero stata ridicola in passato, non sopportai l'idea di vedermi lì seduta in quel rifugio. Mi auguravo solo che lui si fosse dimenticato dell'episodio che la memoria di un'adolescente aveva ingigantito fino a restituirmelo, ora che ero adulta, colorato dello stesso imbarazzo. Afferrai il cellulare dalla borsa con l'impellente bisogno di telefonare a casa. Il pensiero di avere una famiglia che mi stava aspettando mi restituiva un gratificante senso di appartenenza. Ma sullo schermo non appariva neanche una tacca. Non avevo messo in conto la possibilità che non ci fosse campo. «Non prende...» dissi, e la mia voce doveva aver tradito l'insofferenza che mi stava assalendo.

Tomer mi guardò come se stessi parlando un'altra lingua.

«Non c'è campo» ripetei. E lui sollevò le spalle:

«Hai bisogno di fare una telefonata?» mi chiese con gentilezza.

«Ho bisogno di essere reperibile. Ho una bambina di quattro anni.»

«Sta male?»

«Chi?»

«Tua figlia.»

«No.»

«Be' allora di cosa ti preoccupi? Immagino ci sia qualcuno che se ne stia prendendo cura. Comunque, fuori, vicino al frutteto, qualcuno riesce a telefonare.» Anche a mio padre la questione sembrava irrilevante, mentre scacciava il fumo del camino con la mano.

C'era una logica innegabile nella sua risposta, così, quasi in imbarazzo, rimasi seduta. Mi convinsi che Paolo e mia madre insieme avrebbero potuto fronteggiare qualsiasi tipo di emergenza.

«Mi dispiace per quello che hai passato.» Tomer era tornato a mio padre con uno sguardo quasi triste e comprensivo. A cosa si stava riferendo? Evidentemente sapeva molte più cose di me sugli ultimi anni della sua vita. Aveva conosciuto Pauline, era stato testimone del loro amore?

Mio padre s'irrigidì. Era chiaro che non aveva voglia di affrontare l'argomento in mia presenza, e così Tomer cambiò subito discorso, invitandoci a fare un giro del rifugio.

Dietro le porte di legno si nascondevano delle piccole stanze con una branda, un lume e una stufa. Ci aiutò a posare lì i bagagli. Non vedevo bagni nei paraggi. Ce n'era solo uno, grande, per tutti, al piano di sotto, incastrato in una sorta di taverna, dove l'odore dolciastro diventava più intenso, perché in fondo alla stanza, sul pavimento, sopra un tappeto di paglia erano conservate delle piccole mele.

L'intera struttura era stata concepita come una multiproprietà spartana, pronta ad accogliere chi cerca rifugio dal mondo civilizzato. A parte i libri e qualche pentola di rame appesa intorno a un lavello vicino a una credenza, non c'era nient'altro. Allontanandoci dal camino, il freddo prendeva il sopravvento, insieme all'odore di legno e mele.

Da quello che stavano dicendo, intuivo che mio padre era tra coloro che avevano acquistato una quota della proprietà. Questo era accaduto diversi anni prima, quando l'«Eremo delle rose» era solo un progetto. Forse aveva finanziato il suo amico a distanza, sulla fiducia, senza sapere se avrebbe trovato mai il coraggio di tornare a Montemonaco. In un certo senso, potevo considerare quel posto anche casa sua. Era come se avesse mandato Tomer a preparargli il terreno per il suo rientro.

«Qui si torna all'essenza» mi spiegò Tomer, e non c'era indulgenza nel tono della voce. «Si rispettano i ritmi della natura, si prende quello che ha da offrire. E si medita.» Si era avvicinato a una mensola e aveva sollevato la puntina di un vecchio stereo. «Ascoltando delle buone percussioni, però» aveva chiarito, facendo partire a tutto volume un vinile con della strana musica esotica, piuttosto movimentata. Ebbi un sussulto. Tomer si lasciò andare a un sorriso aperto, cogliendo la mia sorpresa. «È un'esecuzione di *tabla*, uno strumento indiano. Non mi farai mica tipo da stronzate new age? Il suono dei ruscelli e il fruscio delle foglie si sentono dal vivo, non sulla poltrona del salotto buono. Magari pure in pelle di cavallino. Brutta bestia la moda.» Scosse la testa, avvolto nella sua camicia da boscaiolo stile telefilm anni Settanta e nei suoi scarponi infangati che nessun salotto buono avrebbe mai ammesso. Come se mi avesse letto nella mente di nuovo, scrollò le suole, rilasciando sul pavimento una massiccia zolla di terra. Per un attimo la mia mente tornò all'apprensione e alla fretta con cui mi precipitavo a ripulire e disinfettare il parquet ogni volta che Cristina ci rovesciava il latte, il gelato o la pizza sopra. Tomer allargò le braccia in maniera eloquente e lanciò uno sguardo complice al suo amico: «Non sono un tipo da prima a teatro, eh?».

«Neanche da spettacolino nell'ultima bettola di periferia» rintuzzò mio padre ridendo. Stava al gioco, lo conosceva, si divertiva in quello scambio amichevole che era il loro modo di comunicare.

Ma io no, non capivo se mi prendeva in giro o se faceva sul serio. Se prendeva in giro tutti, con i suoi calzini spaiati e quella casa costruita per consentire a se stesso e ai suoi ospiti di meditare. «E non mi guardare così. Meditare non vuol dire stare tutto il giorno con la testa per aria. Tempo fa qui è venuto pure un musicista che doveva decidere se partecipare o no a un festival importante. Dopo che gli ho fatto zappare tutto l'orto due volte, non sai com'è fuggito di corsa sul palco.» Certo, se c'era del compiacimento in quel modo di fare, non era un difetto.

Aveva progettato ed edificato quella dimora cercando di rispettare l'architettura di una volta. Le pianelle dell'impiantito e delle pareti erano pietre di fiume ripulite a mano, incastrate nella calce. Non c'era traccia di cemento nell'intera struttura. L'aveva costruita lui stesso, insieme a un operaio del luogo. Anche il legno non era stato trattato. Le finestre e la porta sembravano vecchie, probabilmente recuperate da qualche casa dei dintorni, e chissà per quale ragione erano prive di maniglie. Guardavo le sue mani, possenti eppure delicate, e mi chiedevo se si fossero stancate proprio al momento di montarle.

Mio padre tornò a rivolgermi la parola solo per dirmi che Tomer era un «puro», un «mistico» che aveva votato la sua esistenza alla contemplazione in armonia con la natura.

«No, così sembro un vecchio santone, Oliviero, non farmi una brutta pubblicità» aveva protestato lui, mascherando con l'ironia una specie di sotterraneo pudore questa volta. Come se certe cose si facessero e basta, senza aver bisogno di essere raccontate. Ma mio padre non aveva risparmiato il resto e mi aveva spiegato che proprio per coltivare la sua spiritualità Tomer si era trasferito lì, dopo aver visitato la maggior parte delle montagne sacre del pianeta, dal Sinai al monte Uluru.

Istintivamente avevo avuto un moto di stizza per l'ammirazione che trapelava da quelle parole, per quello stile di vita così osannato che mi era sempre sembrato artificioso per i tanti che lo adottavano, una posa, una recita di coloro che dopo aver usufruito di una vita piena di comfort, poi l'avevano sfacciatamente rifiutata. Ma ciò che aveva detto poco prima Tomer, la sua stessa critica a quella specie di moda che consideravo come un capriccio un po' ipocrita, mi irritava ancora di più. Volevo essere libera di professare il mio pregiudizio, ma mi sentivo censurata dalla sua severità. Non so se mio padre avesse avvertito quella mia insofferenza, di sicuro l'aveva ignorata. Senza rivolgersi direttamente a me, ma parlando con lui, si mise a ripercorrere le esperienze che avevano condotto il fotografo fino ai piedi della Sibilla.

Era un'amante della montagna, ma veniva dal mare. Era di Genova e aveva cominciato a viaggiare imbarcandosi sulle navi mercantili a soli diciassette anni, facendo i lavori più disparati. Aveva voglia di scoprire il mondo, e anche le donne, poiché in ogni luogo, sotto ogni tramonto, aveva baciato una ragazza nuova, senza promettere di ritornare. Poi l'amore per l'arte, la fotografia soprattutto, lo aveva portato a Parigi, a frequentare l'Accademia dove insegnava mio padre. Ma Tomer non era tipo da stare dietro a regole scolastiche, orari delle lezioni, esami da sostenere. Né tantomeno era attratto dall'ambiente glamour in cui nuotava il mondo dell'arte. Così aveva mollato tutto e aveva deciso di seguire a modo suo le sue vere passioni, le vette e la fotografia, col bagaglio pieno solo delle preziose lezioni di Oliviero.

Eravamo tornati davanti al camino. Tomer si scusò e uscì nel bosco, lasciandoci soli.

«Resisti» mi disse mio padre con un sorriso allusivo. «In fondo si tratta solo di una notte.»

Anche se non avvertivo più il mio respiro nelle orecchie, un dolore acuto mi arpionava le tempie e un senso di sonnolenza vigile premeva forte tra le sopracciglia. Ripensavo a mia figlia, ai bagni caldi che le facevo quasi ogni sera, ai suoi capelli solcati dal pettine davanti allo specchio della mia stanza. In quel momento mi mancava persino la muta presenza di Paolo, che mi sedeva accanto sul divano davanti alla televisione. Rabbrividendo, mi avvicinai al fuoco.

Dopo pochi istanti Tomer rientrò con dei ciocchi di legna sulle spalle. «Metto la cena sul fuoco» ci disse. Erano passate da poco le sei.

La notte stava calando sulla valle come un inchiostro che inghiotte ogni cosa. Tomer tirò fuori del mistrà e me ne versò due dita in un bicchiere. I nostri occhi si sfiorarono ancora, come quel giorno di tanti anni prima. Ero stordita per il freddo e il mal di testa. Lo mandai giù tutto d'un sorso. L'alcol mi morse la gola e lo stomaco per poi propagarsi in un piacevole bruciore che arrivava a ondate, come il retrogusto di anice. Aveva messo a bollire anche dell'acqua per poi versarci dentro dell'erba essiccata che odorava di marijuana.

«È quello che penso?»

«L'aperitivo preferito di tuo padre» disse scherzando, offrendogliene una tazza.

«Questa sì che si chiama ospitalità» commentò lui.

«Vuoi? Raccolgo ed essicco le foglie da una piantina sul retro, puoi fidarti.»

Scossi la testa con biasimo, senza neanche guardarlo. Anche in questo caso, non capivo se stesse dicendo la verità o fosse soltanto una battuta. Poi mi raccolsi nelle ginocchia e chiesi se poteva darmi una coperta. Me la portò subito. La presi senza neanche ringraziarlo.

Mentre mio padre e Tomer chiacchieravano ridendo come due ragazzini in gita scolastica, io fissavo il fuoco con la testa appoggiata sullo schienale del divano. E fu l'ultimo ricordo della giornata. Da quel momento, credo di aver chiuso gli occhi e lasciato che quel luogo remoto, che all'improvviso mi sembrava non assomigliare più a niente e a nessuno, scomparisse in un istante.

Mi risvegliai avvolta in una spessa coperta di lana, come un fagotto, distesa sul letto della piccola stanza dove Tomer la sera prima aveva posato la mia sacca. Stavo sognando mio padre. Lo vedevo correre bambino in un campo e con un salto trasformarsi in un'aquila per poi spiccare il volo. Mi svegliò la luce. Una luce intensa, che cadeva dritta sul cuscino e decomponeva la stanza, come in un quadro del puntinismo francese, così come aveva fatto con il mio sogno e con la faccia rapace di Oliviero che volava nel cielo. La notte aveva portato la neve, per cancellare il mondo della Sibilla e trasformare la finestrella dietro la sponda del letto in un accecante riquadro bianco, che mi riportava con la mente ai suoi bassorilievi di gesso.

Ero ancora vestita. Posai i piedi sul pavimento e un brivido mi si arrampicò su per i polpacci fino alla spina dorsale. Mi sentivo intirizzita e mi veniva freddo al solo pensiero di dovermi lavare. Avrei fatto tutto una volta tornata a casa, mi dissi. Uscii dalla stanza stropicciandomi il volto e cercando di ricordare il momento esatto in cui mi ero alzata dal divano per mettermi a letto.

In casa non c'era nessuno. Trovai un piatto di mele sul tavolo accanto al lavello. Avevano una forma schiacciata, irregolare, un aspetto poco invitante. La sera mi ero addormentata prima di poter mettere qualcosa sotto i denti, così ne afferrai una in un gesto istintivo, per fame. Era dura. Eppure buona, dal sapore dolcissimo.

Il pensiero corse subito al cellulare, e tornai a cercarlo nella borsa. M'infilai in fretta le scarpe. Volevo trovare un punto dove ci fosse campo per telefonare a Cristina, ma quando uscii dalla casa un'aria gelida mi travolse, insieme alla luce, così forte e naturale da risultare aggressiva. Volevo solo andarmene, ma non riuscivo a camminare nella neve con i mocassini, così rientrai per cercare nella mia sacca delle calzature più appropriate. Tomer mi sorprese alle spalle.

«Buongiorno» mi disse, gentile. «Io e tuo padre ti abbiamo appena montato le catene alla macchina, altrimenti non ti muovi sulla strada con questo tempo» dandomi così una misura di quanto potesse essere d'ostacolo, rispetto ai miei programmi, tutta quelle neve. Ma non abbastanza da farmi cambiare idea. Lo ringraziai, mentre lo vedevo camminare verso la credenza, avvolto in una giacca scura, imbottita, la testa nascosta per metà nella lana del cappello. «Ieri sera sei crollata» mi disse, versandosi dell'acqua in un bicchiere. «Forse non siamo stati abbastanza di compagnia per te» continuò, con una benevolenza che mi sembrò provocazione. Non replicai, non sapevo se avrei voluto attaccarlo o se dargli semplicemente ragione. «Oliviero ti ha portata in braccio fino alla stanza e ti ha rimboccato le coperte» aggiunse. «Sembravi una bambina.»

Fu quella semplice frase a cambiare tutto. Come sempre mi accontentavo di qualche parola, o un gesto abbozzato, per rimettermi subito in discussione. Quella volta era il pensiero di mio padre che torna il giovane artista che conoscevo, e come nelle storie della mitologia che mi raccontava prima di darmi la buonanotte, si trasformava in qualcosa d'altro, subiva una metamorfosi, come Zeus, o Dafne, o Aretusa. Ma non spiccava il volo con le ali di un'aquila, ridiventava semplicemente se stesso, così lontano e al tempo stesso vicino al bambino cresciuto tra quei monti.

«Dov'è?»

«Fuori. Credo ti stia aspettando.»

Prima di raggiungerlo, mi coprii con un altro maglione e una giacca a vento. Tomer mi prestò delle calosce della mia taglia, ne teneva diverse paia dentro una cassapanca, le altre scarpe, per quanto pesanti, non mi avrebbero aiutato granché. Mi domandai a quale ragazza appartenessero, ma non feci battute allusive. Gli chiesi di accompagnarmi al frutteto, dovevo prima di tutto chiamare mia figlia.

Risalimmo per un breve tratto il bosco fino a uno spiazzo dove c'erano dei meli grandi e rigogliosi, ricoperti di neve. «Sono mele di questa zona» mi disse Tomer. «Le chiamano mele rosa per il colore sfumato e per via del profumo.»

Le coltivava lui stesso.

«Credevo fossi appassionato solo d'erba» dissi d'impulso. Volevo ferirlo? Farmi biasimare per il mio perbenismo? Non sembrava disposto ad accogliere nessuna delle due provocazioni. Mi guardò serio, appoggiando la mano sulla mia spalla, in un gesto che per un istante sembrò proprio quello di un profeta col discepolo.

«Davvero pensi che si possa stare solo da una parte o dall'altra della barricata? Che non ci sia una via di mezzo?»

Un pungolo nelle viscere. Stranamente mi sentii al tempo stesso stupida e sollevata. Come essere schiaffeggiata ed essere salvata dal treno che ti sta mettendo sotto all'ultimo momento.

Abbassai gli occhi, la foga che avrei avuto nel ribattere solo fino a qualche istante prima si era spenta. Rimasi in silenzio. Tomer tolse la mano dalla mia spalla, si alzò il collo del giubbotto. Mi venne incontro, senza dover fare un passo. Con un sorriso.

«Comunque io da bambino tifavo sempre per gli indiani.»

«Io... guardavo altri film» sussurrai. L'unico modo che avevo trovato per sotterrare l'ascia di guerra. O almeno per abbassarla.

In quel momento, un aereo attraversò il cielo squarciando il silenzio. Tomer tornò serio e guardò in alto. «Ti rivedrò più tardi?» mi chiese. Annuii. Si allontanò lungo il sentiero con un accenno di sorriso. «Ti devo ancora mostrare il resto delle mie coltivazioni» e poi ammiccò, in quel modo sospeso tra ingenuità e strafottenza che non riuscivo a decifrare.

Paolo e Cristina erano ancora a casa quando riuscii a prendere la linea. Paolo stava per accompagnarla all'asilo ed era nervoso: «Ti rendi conto che se ho bisogno di qualcosa non posso neanche chiamarti?» si affrettò a ringhiarmi contro. «Si può sapere dove sei finita, e quando torni?»

«Presto. Mi passi Cristina, per favore?»

«Tu non hai idea di cosa significhi...»

Mi dava fastidio anche solo ascoltarlo: «Paolo, non è il momento».

Alla fine si arrese: «Te la chiamo» disse.

Temevo che sentire la voce di mia figlia mi avrebbe riempito la mente di dubbi e di sensi di colpa, ma ero certa che se fossi ripartita quella mattina, avrei finito ugualmente per rimproverarmi dopo.

«Non vuole parlarti.»

Aveva trascorso la prima notte senza di me, non ero stata io a metterla a letto, e ora era risentita. Dovevo tenerlo presente.

«Ti prego, insisti.»

«Mamma vuole parlare con te...»

«No.» Il rifiuto mi era arrivato lo stesso, anche se non voleva prendere la cornetta, forte e chiaro.

«Solo un secondo.»

La sua piccola voce squillante bucò il telefono come uno spillo: «Trovata la lista?» mi chiese subito, curiosa.

«Ancora no. Ma in questo posto c'è una fata, lo sai? Abita in una grotta. Potrei chiedere a lei.» Mi stavo impegnando per rimediare alla favola che avevo mancato di leggerle la sera precedente.

«Come la fata Minù?»

«Esattamente, come la fata Minù.»

«E poi?»

«E poi ti racconto tutto quando l'avrò trovata, promesso.»

Riconsegnò il telefono al padre senza neanche salutarmi, e Paolo riattaccò senza aggiungere altro.

Puntai lo sguardo verso l'orizzonte, nel bianco lattiginoso che ricopriva ogni cosa, e ripensai a quello che riesce a fare una favola raccontata per bene. Al bisogno di riascoltarla più volte, sempre la stessa, e alle metamorfosi in cui sempre confidiamo. Che riguardino noi o le persone che amiamo non fa molta differenza, aneliamo a una trasformazione. Mi tornò in mente Mister Brady, il modo in cui si animava quando insieme trasformavamo il mondo. Era con lui che ascoltavo e riascoltavo le storie di mio padre. Mi soffermavo su ogni parola, ogni pausa, ogni inflessione della voce, tanto che lo correggevo se a volte cambiava qualcosa. Per volare via con Mister Brady avevo bisogno di quell'incanto.

La storia che avevo ascoltato per arrivare fin lì non aveva ancora trovato un senso, né una conclusione. Mio padre era diventato tante cose durante i suoi racconti: un bambino chiuso nella sua paura, un uomo che si riapre alla vita e ai colori, un traditore, una persona innamorata. Ma restava per me un punto interrogativo. Come tutti i genitori era stato una risposta quando ero bambina, ed era diventato una domanda appena mi ero fatta donna.

Ora era di nuovo con me. Dove era sparito per tutto quel tempo? M'incamminai verso il campo innevato andandogli incontro con l'intenzione di scoprirlo.

A infrangere il bianco del panorama, il grigio delle case del piccolo paese arroccato nel suo altipiano al centro della valle, i rami degli alberi, gli squarci di cielo, e un puntino nero, proprio lì, in fondo, sulla linea dell'orizzonte. Forse pronto a spalancare le sue ali di rapace per spiccare il volo. Man mano che avanzavo, affondando le calosce nella neve, il puntino s'ingrandiva fino a diventare una faccia. Una faccia sorridente. Quante cose aveva cambiato una sola notte.

«Alla buon'ora!» mi gridò. «Hai dormito parecchio.»

Ci ritrovammo di nuovo vicini.

«È la prima volta senza Cristina. Avevo un po' di notti da recuperare.»

Tornò a guardare la montagna. «Che fai? Resti con me?»

«Tu dove devi andare? Dove è questa Pauline?»

Il suo sguardo tornò serio, rannuvolato. Di colpo sembrava non avesse più fiato per rispondermi.

«Ora me lo dici perché siamo qui?» insistei, con una dolcezza inedita ai suoi occhi.

«Per andare a trovare Nora» disse, come sollevato dal mio tono di voce. «È ancora viva. Sono tanti anni che non visita più ed è molto malata. Ma è ancora qui, a Foce.»

Ci avviammo verso il sentiero che conduceva alla macchina.

«Perché, papà, hai deciso di rivederla proprio adesso? E cosa c'entra Pauline in tutto questo?»

Si voltò. Gli occhi neri brillavano nel bianco, come riemersi da un abisso. Non poteva celare l'emozione di sentirsi di nuovo chiamare in quel modo, ma la tristezza restava nel fondo, come una melma, che tutto imbratta e appesantisce. Quello che stava per raccontarmi aveva, invece, la consistenza delle sue sculture. Si confondeva nel paesaggio freddo e gessoso che stavamo attraversando, immersi in un bianco candido e avvolti da una luce opaca che la neve assorbiva, risucchiava, per poi dare l'impressione di baluginare morbidamente.

Mio padre diceva spesso che la scultura è il miglior complimento che un pittore possa fare alla pittura, e si era sempre considerato più disegnatore che scultore. Ora sapevo che aveva cominciato a scolpire per lei, e che nelle sue opere l'aveva nascosta, custodita, come un feto in un grembo materno.

Fino a quel momento avevo sempre creduto che nella genesi delle sue opere la scelta dei materiali fosse solo funzionale all'idea, e che non fosse mai stata la materia il suo punto di partenza. «È un'aiutante di cui non ci si deve invaghire» diceva spesso durante le interviste. Tuttavia, a un certo punto, aveva cominciato a prediligere il gesso. Forse perché era fatto di niente, solo acqua e polvere, lontano dalla nobiltà del bronzo e del marmo, e lui vedeva nella sua umiltà un punto di forza. Con il gesso alabastrino era riuscito a modulare morbidamente la luce, a trasformare le immagini in vellutate creature lunari, e a dare vita a qualcosa di cui sentirsi davvero padre, come *Eikasia*, il primo bassorilievo interamente in gesso, l'unico che non aveva avuto il coraggio di vendere. In quel giorno di neve, mio padre aveva deciso però che era tempo di rivelarmi che cosa la scelta di quel materiale significasse davvero per lui.

«Sono solo un uomo» a un certo punto ammise piano, come fosse un segreto. «Che qualche volta si è illuso di parlare con Dio. Ma le mie sculture sono solo un cavallo di Troia. Il gesso non supera la prova del tempo, se non adeguatamente conservato. Chissà chi, della nostra generazione, verrà davvero ricordato in futuro? Quello che so è che un giorno le mie opere si sgretoleranno. Polvere alla polvere. Il gesso si lascerà prendere a morsi dal tempo e tutto quello che resterà sarà un oggetto. Un piccolo oggetto del quotidiano, che ai più non dirà assolutamente nulla, ma che a me, in vita, ha parlato d'amore.»

Camminava lungo il sentiero nel bosco ricoperto di neve, aveva gli occhi lucidi e il respiro affannoso. In quel momento si fermò a guardarmi.

Non l'aveva mai dimenticata. Negli anni in cui la sua vita di artista, di padre di famiglia, aveva preso forma, Pauline era stata una presenza evanescente ma costante. Aveva finito per infestare ogni spazio, dallo studio alla casa, come un fantasma. Pensava a lei ogni volta che scolpiva. Forse ogni volta che ci guardava, dal momento che il suo sacrificio aveva principalmente il volto di una bambina identica alla donna che aveva sposato. Dal momento che quel sacrificio portava il mio nome.

Sono nata che pesavo due chili, e lui non aveva avuto il coraggio di prendermi in braccio. «Non ero coinvolto» mi confessò, candidamente, con un tono quasi infantile. «Non stavi capitando a me. Eri sfuocata e imprecisa, come in un sogno. E non c'entravi nulla con quella che doveva essere la mia vita. Poi, una notte, hai pianto così forte che tua madre ti ha lasciata al centro del letto per rifugiarsi in salotto. Sai com'è fatta, non ha pazienza. Ma era la prima volta che rimanevamo soli, io e te. Ti guardavo pensando che se fossi stata di Pauline, ti avrei sentito più mia... È la verità. Ti presi in braccio per farti smettere di piangere. Eri paonazza, piena di grinze, di pieghe, facevi continuamente strane smorfie, ma se ti avessi dovuto disegnare, non ci sarei mai riuscito. Eri perfetta.»

E lì era successo. Era successo che mi aveva sentita nelle sue mani, letteralmente. La mia vita nelle sue mani. E si era lasciato sorprendere da un'assurda tenerezza.

Ascoltare le sue parole mi disarmava. Provavo nostalgia per tutte le possibilità perdute, per il tempo sprecato. E anche rabbia. Una rabbia molesta che mi accelerava il respiro, mentre c'infilavamo in macchina per raggiungere Foce. Mi sono aggrappata con le mani al volante nell'intento di mantenermi calma. L'amore era arrivato dopo, era questo che stava cercando di dirmi. Che un po' alla volta ero riuscita a ritagliarmi uno spazio nel suo mondo, il che sorprendeva anche lui, perché credeva che Pauline lo avesse occupato tutto.

Certe volte restava ore a guardarmi nella culla. «Ti svegliavi e mi fissavi, senza scomporti né spaventarti, come se non ci fosse stato nulla di strano nello svegliarsi e trovarsi davanti uno che neanche conosci e che sta lì e ti guarda da chissà quanto tempo. Eri un'estranea, una piccola, estranea creatura appena caduta nel mondo, con le fattezze di mia moglie e l'espressione di mia nonna. Eppure sembrava che mi conoscessi da sempre, come se dal luogo da dove venivi avessi potuto osservarmi. Sembrava sapessi già tutto, di Pauline e di quanto fosse grande il mio rimpianto. Era soprattutto per questo che m'imponevo di dimenticarla.»

Poi cominciai a camminare e a pronunciare quella parola, «papa», senza accento, mentre lo guardavo con gli occhi rotondi e pieni di meraviglia, e allora si accorse di volermi, a modo suo, di sentire il bisogno di tenermi con sé.

Con me poteva essere liberamente bambino. Una volta parlavamo la stessa lingua, mi disse, spiegandomi che sotto i capelli dorati, nel corpicino ossuto e dietro il sorriso timido, nascondevo una forza segreta, un'energia travolgente.

Anche lui ricordava Mister Brady: «Era solo uno straccio di stoffa, ma per te era tutto. Perché tu inventavi mondi, Viola. Ti muovevi tra gli oggetti e i luoghi, trasformandoli continuamente. E riuscivi a coglierne l'essenza. Avevi lo sguardo dei poeti. Lo stesso sguardo che aveva mia nonna».

Parlava di una bambina che mi sembrava di non conoscere. Forse era davvero esistita, e forse era stata lei a scegliere di laurearsi in Lettere, in ogni caso io non le somigliavo più.

Mi confessò, poi, di aver vissuto in perenne attesa. Mentre improvvisava nel ruolo di padre e di marito, pensava continuamente a quello che si era lasciato alle spalle.

Di Pauline aveva avuto qualche notizia subito dopo il matrimonio. Aveva saputo che era tornata a Parigi, dove viveva il padre, che scolpiva anche lei ma senza mai esporre, e che girava il mondo, libera e sola, come era sempre stata. Anche mio padre continuava a lavorare e a nasconderla nelle sue sculture attraverso gli oggetti che avevano avuto un senso nel loro quotidiano, come delle banali bacchette giapponesi, perché Pauline amava l'Oriente e ricordava la prima volta che avevano mangiato insieme una zuppa di miso, il modo buffo in cui lei aveva litigato con le alghe e il tofu che le scivolavano continuamente dalla presa. Lo stesso tipo di fazzoletti di stoffa che teneva nella borsa. La marca di tisane che preferiva. I posacenere. I mozziconi di canna. La federa di un cuscino. L'elicriso essiccato.

I ricordi più teneri lievitavano nella sua memoria, come l'impasto per il pane sotto lo straccio umido nella cucina di sua madre, mentre quelli più dolorosi rimpicciolivano fino a perdere d'importanza. «È quello che accade a un amore quando supera la prova del tempo.» Pauline diventava eterea, inarrivabile, come la considerazione che lei stessa aveva sempre avuto dell'arte, eppure il più delle volte Oliviero ripensava a quello che erano stati insieme come a un prezioso oggetto di vetro andato in frantumi, ormai irrecuperabile.

A un certo punto cominciò a cercarla. In maniera inconsapevole, sfidando la sorte, assecondando piccoli richiami. L'istinto lo spingeva a frequentare i luoghi dove avrebbe potuto incontrarla. Sapeva che c'erano capolavori che Pauline non si sarebbe mai stancata di contemplare. Ora capivo il perché di quelle lunghe soste nelle chiese, o delle gite improvvisate, a Bruges, ad Amsterdam, a Padova, a Venezia, nella Cappella degli Scrovegni, o davanti al *Cristo morto* del Mantegna. Quelle nostre fughe che promettevo di mantenere segrete. Mio padre sperava di rincontrarla, di riconoscerla tra centinaia di volti ignoti, magari sorprenderla davanti a un quadro o ai piedi di una statua, e per quanto si sforzasse di considerare quei momenti qualcosa di solo nostro, ora ne scoprivo il retrogusto amaro, di menzogna.

Una sera, a una cena a casa di uno scrittore dove era presente anche mia madre, il nome di Pauline s'infilò in una conversazione, e venne fuori che si era trasferita in Giappone, che viveva a Kyoto con un curatore d'aste. Dicevano di averla vista felice.

Mio padre non faticava a immaginarla, stretta in una vestaglia di seta fiorata, in ginocchio su un tatami, a versare sakè in bicchierini di vetro colorati. Si era battuta per l'emancipazione femminile, per la parità dei diritti, ma in fondo il ruolo che le donne giapponesi ricoprivano in casa non poteva esserle più congeniale.

«Quell'immagine di lei, così delicata e premurosa, s'insinuò tra i miei pensieri e per poco non mi venne in mente di partire come un pazzo e di andare a bussare a tutte le porte di Kyoto in attesa che fosse lei ad aprirmi. A chiederle se davvero potesse essere felice senza di me. Stava diventando un'ossessione. E tua madre si era stancata di vedere la sua faccia riflessa nei miei occhi ogni volta che ci scambiavamo uno sguardo.»

Pauline aveva retto a tutto, come quei rododendri di alta montagna che spuntano tra le rocce, nei burroni, e crescono allungandosi verso il cielo senza affanni. Per questo, quella notte, mia madre affondò il coltello nell'ultima scultura di Oliviero De Angeli. Ora sapevo cosa stava cercando. Ma anche se non aveva trovato alcuna prova, anche se quell'opera non era rimasta neanche scalfita dai suoi colpi, capì che non sarebbe mai riuscita a sradicarla, e aveva detto basta. Il giorno dopo mi prese le mani per stringerle nelle sue. Gli occhi si allargarono e s'inumidirono: «Tu non fidarti mai di nessuno» mi disse, le nostre valigie sulla porta. «Aggrappati alle cose e basta. Ora noi ce ne andiamo, ma solo per un po'. Questa casa è tua, Viola. Il resto non cercarlo più.»

Mio padre mi stava dicendo che, nel periodo successivo a quella notte, aveva tentato di non perdere l'equilibrio e di restarmi accanto, pur non potendo più essere una presenza quotidiana nella mia vita. Non era stato sempre lucido, qualche volta aveva esagerato con l'alcol. Nella battaglia legale per il mio affidamento, mia madre non si era risparmiata nelle accuse.

Qualche anno più tardi si era trasferito a Parigi. Non era una fuga da noi, anche se la distanza avrebbe finito per pesare ancora di più sul nostro rapporto. Aveva chiuso un buon contratto con una galleria nel Marais, il suo mercato di collezionisti si stava espandendo e diceva di avere bisogno di una città come Parigi per ragioni puramente estetiche. Invece, solo ora era in grado di ammetterlo.

«Se Pauline fosse tornata in Europa, a Parigi avremmo avuto senz'altro più occasioni d'incontrarci. Era un'altra tappa di quella mia folle ricerca. Anche se non ebbe alcun esito. Cominciai a frequentare altre donne, storie di una sera, abbozzi di relazioni. Con qualcuna mi spingevo verso qualche vacanza esotica, a qualcun'altra facevo regali importanti. Tutto per illudermi di essere libero, "normale", ma i fili di quell'amore mi avevano incatenato per sempre. Arrivai persino a presentarmi al funerale di suo padre pur di incontrarla, sbirciando tra i primi banchi della cattedrale e infilandomi dietro al carro funebre per scorgere un segno della sua presenza. E quando appurai che non c'era, ebbi come un mancamento. Cominciai a pensare che fosse morta, che magari nessuno me lo avesse detto. E l'orrore di quel pensiero mi prostrò per giorni e giorni.»

Come gli aveva regalato la felicità, così Pauline era diventata una malattia. A un certo punto se ne rese conto e razionalmente s'impose di rassegnarsi. Come fosse una droga, decise di disintossicarsi.

«Incredibile. Poi, cinque anni fa, a Mantova, la visita d'arte più proficua della mia vita.»

Una mattina, sfogliando un quotidiano francese, tra le pagine culturali, lo sguardo di mio padre era caduto sulla recensione di un saggio di Daniel Arasse sull'iconografia nella pittura del Quattrocento e del Cinquecento italiano. Si parlava di una scoperta che lo studioso aveva fatto sul lavoro di Andrea Mantegna: sembra che l'artista veneto avesse celato un autoritratto dietro il profilo delle nuvole che affrescano l'oculo del soffitto nella Camera picta del Palazzo Ducale. E fu proprio quel concetto, relativo a ciò che di un'opera rimane nascosto – e che in un certo senso ricordava l'abitudine che aveva mio padre di celare gli oggetti dentro le sculture – ad attirare la sua attenzione, tanto da convincerlo ad acquistare un biglietto ferroviario per Mantova e a mettersi in viaggio.

S'incontrarono un sabato di febbraio, in quella piccola stanza conosciuta anche come Camera degli Sposi, ma che non aveva nulla di nuziale, fatta eccezione per il pavone e i fiori d'arancio che comparivano al centro di quel mondo illusorio, creato come un palcoscenico per esaltare la gloria dei Gonzaga. Mio padre sollevò lo sguardo in alto, allo spicchio di cielo ritagliato nella finta balaustra, tra dame e putti che si sporgono pericolosamente, e poi, prima ancora di avere avuto il tempo di soffermarsi sull'oggetto del suo interesse, senza sapere bene il perché, tornò a guardare tra la folla, e la vide.

I capelli corti, non più di quel rosso acceso che richiamava ogni sguardo, e il corpo meno sottile, invecchiato, le labbra arricciate in una smorfia che accentuava le rughe degli zigomi e delle guance, gli occhi più piccoli, ma ancora pieni di luce. Era una signora distinta, e non c'era più nulla di eccentrico o colorato nel suo abbigliamento, indossava una camicia di lino bianca, un paio di pantaloni color seppia, come se anche nella sua vita fossero spariti i colori. Teneva in mano un elegante ventaglio e dal collo pendevano dei sottili occhiali da vista. Ma era ancora lei, ancora Pauline, la sua Galatea. Si guardarono, per chissà quanti minuti, trattenendo il fiato.

«Allora... sei viva» balbettò mio padre cercando di riprendersi dallo stupore, come se davvero avesse visto il fantasma che lo aveva accompagnato per anni.

A Pauline scappò quel suo sorriso birichino. «Oddio, mi volevi morta?»

Erano passati più di vent'anni, ma l'unico pensiero che s'impose su tutto fu il rimpianto di non averli trascorsi insieme.

«Volevo solo abbracciarla» mi disse. «Chiederle solo ancora un po' di tempo per noi.»

Per appurare che fosse vera, le aveva stretto addirittura un braccio, affondando le unghie nella carne, fino quasi a farle male, e le aveva detto: «Andiamo. Usciamo fuori, alla luce, voglio guardarti».

Doveva riuscire ancora a calibrare l'intensità delle sue emozioni, doveva controllare che non fosse soltanto uno scherzo della mente.

«Ci siamo riconosciuti, Viola. E per la vita che portavamo sulle spalle ci siamo anche apprezzati, più di quanto potevamo immaginare. Era il 25 febbraio: ormai lo considero il mio compleanno. Quel giorno sono rinato.»

Pauline era tornata dal Giappone ben prima del divorzio dei miei. Viveva a Valensole, nella tenuta di famiglia, e anche se aveva trasformato la grande casa di pietra in una residenza per giovani artisti, affinché coltivassero in pace la loro ispirazione, conduceva un'esistenza piuttosto ritirata.

«Non c'eri neanche al funerale di tuo padre...» disse Oliviero, elencando tutti i posti in cui l'aveva cercata.

«A conti fatti, ho pensato che non se lo meritava. Ma sei arrivato fin lì?»

«Un segugio di professione» aveva sorriso lui, recuperando di colpo la voglia di scherzare.

Della cultura giapponese, Pauline aveva assorbito i ritmi lenti e rispettosi, e anche l'idea che un oggetto rotto si possa riparare riempiendone d'oro le linee di frattura, accentuandone il danno. Quando qualcosa ha sofferto, e ha una storia, per i giapponesi diventa ancora più bello. Mio padre lasciò che lei rimettesse insieme i frammenti di quello che erano stati e che gli cospargesse d'oro tutte le ferite. Mi disse che si era sentito come doveva essersi sentito Ulisse, il giorno in cui è tornato a casa.

Un anno a Valensole. Una primavera e un'estate per l'esattezza. Tra i fiori di lavanda e girasole, e il profumo della trota speziata che Pauline cucinava con maestria. Lavorare senza più quel dolore che aveva accompagnato ogni suo momento creativo. Chiudere gli occhi e ascoltare il fruscio del vento, riaprirli e incontrare la luce. Una seconda infanzia. L'anno del pensiero magico, l'anno in cui mio padre è diventato adulto.

«Non vedevo l'ora di presentartela.» E anche lei voleva conoscere la creatura che l'aveva spinta a fare un passo indietro e a consegnare l'uomo che amava a una famiglia che non sarebbe mai stata felice. «Quando mi telefonasti per dirmi che eri rimasta incinta e che avevi intenzione di sposarti, avevamo deciso di venire a trovarti insieme. Non aveva senso raccontarti tutto a distanza.»

In quei giorni, mio padre stava finendo di lavorare alla scultura più imponente di tutta la sua carriera. Gli era stata commissionata direttamente dal Ministero della cultura francese. Pensavo che il fervore con cui mi aveva annunciato che sarebbe venuto in Italia per parlarmi di qualcosa d'importante si riferisse a questo. Invece si affannava per portarla a termine e partire, animato dalla frenesia di quell'incontro tra me e Pauline.

«Quella sera aspettavo il rientro a Parigi di Pauline per l'ora di cena. Mi sono intrattenuto nel bistrot sotto casa e ho bevuto una birra con il libraio del quartiere. Posso descriverti perfettamente le facce dei presenti, le folate di soffritto che provenivano dalla cucina. Avevo ancora le mani sporche di gesso quando ho risposto al telefono. Mi aspettavo di sentire la sua voce. Invece era uno sconosciuto, qualcuno che era stato incaricato di avvisare un parente. Continuava a ripetere: un colpo di sonno.»

Teneva lo sguardo fisso sul cruscotto, gli occhi lucidi e distanti. Poi li strizzò in un moto di rifiuto e con un respiro profondo reagì per non cedere all'urgenza di piangere.

Erano riusciti a soccorrerla in tempo, mi disse, ma non abbastanza per permetterle di risvegliarsi dal coma in cui era caduta.

«Ti ho detto che Nora diceva di riuscire ad andare a trovare le persone che dormono, ricordi?»

Non avevo bisogno di chiedergli chi stesse dormendo. E all'improvviso, mi furono chiarissime le ragioni di quel viaggio.

Stavo seguendo le indicazioni per Foce quando mi accorsi che ci stavamo avvicinando a Rocca. Andavo piano, il finestrino socchiuso, mio padre teneva lo sguardo basso. La stanchezza si era insinuata sul suo volto, le rughe attorno alla bocca e sulla fronte si erano fatte più profonde, le guance sembravano incavate. Rimase in silenzio per un po', come se avesse bisogno di recuperare le forze. L'ultima volta che era passato da quelle parti, Pauline gli camminava a fianco.

Era ricoverata da quattro anni in una struttura ospedaliera di Grenoble, in uno stato che ai medici non lasciava speranze. La faccia gonfia e irriconoscibile. Così lui aveva lasciato lo studio di Parigi per trasferirsi lì. Gli eredi di Pauline erano dei lontani nipoti che non avevano fretta di vederla morire e che si erano preoccupati della gestione di tutto, compresa la casa di Valensole e il suo «rifugio per artisti».

Mio padre trascorreva la maggior parte delle giornate a raccontarle le storie che io avevo ascoltato da bambina e che lui, a sua volta, aveva ascoltato da sua nonna. Immaginavo Pauline distesa su un letto, in una versione distorta e scolorita della donna del disegno, e lui al suo capezzale con gli occhi deserti. Gli stessi che aveva quando gli presentai Paolo, o il giorno del matrimonio, mentre procedeva svogliato e quasi barcollante fino all'altare. La sua vita che si ripeteva, come un disco rotto: Pauline come sua madre, e io come sua moglie, venticinque anni dopo, vestita allo stesso modo, in un bianco ridicolo che aveva perso qualsiasi valenza simbolica, ancora una volta in una chiesa, e ancora una volta Pauline nella sua testa.

«Sono in difficoltà...» mormorai. «Non so più cosa pensare... mi trovo davanti uno sconosciuto. Mi hai escluso da troppe cose...»

«Ho creduto a lungo che fossi la persona meno adatta a cui dire che non ho mai amato tua madre» mi confessò. «E poi nessuno sapeva di noi, a parte gli amici più intimi, gli artisti che vivevano a Valensole.»

«Perché non mi hai mai chiamato in tutti questi anni? Ho avuto una figlia, tua nipote... potevamo aiutarti.»

Mi guardava con distanza, come avrebbe fatto se al mio posto ci fosse stata mia madre. Poi scosse la testa: «Sono stato molto male» ammise, abbassando lo sguardo. «Non avevo più voglia di pensare. C'erano giorni in cui non mi alzavo neanche dal letto. Facevo fatica persino a mangiare.»

«E hai lasciato passare così tanto tempo?»

«Il primo anno aspettavo solo che si risvegliasse, come se potesse accadere da un momento all'altro. Ci sono attese che non dilatano il tempo, anzi, se lo divorano avidamente. E da quel momento in poi è stata una voragine, che piano piano ha cancellato tutto. Anche me.»

Tomer gli aveva scritto di Nora circa un mese prima. Ne aveva sentito parlare e l'aveva ricollegata ai racconti di mio padre. Anche se era molto malata e non visitava più da tempo, era ancora viva, e per mio padre era stato un segno.

«I medici dicono che le condizioni di Pauline peggiorano ogni giorno. Potrebbe andarsene da un momento all'altro.»

«E non pensi che possa essere un bene?» azzardai a domandargli.

«Sì» mi rispose lui, come se stesse mormorando tra sé e sé. «Ma se ne andrebbe via senza sapere.»

«Senza sapere cosa?»

«Ci sono ancora delle cose importanti che devo dirle. E vorrei che Nora gliele dicesse per me.»

Non feci altre domande. Ero confusa, e non del tutto sicura di voler varcare anche quel confine. Ma lo capii solo in quel momento che era tornato con il pensiero a sua madre, a tutti quegli anni di silenzio vissuti nell'ombra della possibilità che Nora fosse davvero in grado di parlarle. Così come mi resi anche conto che aveva fatto della reticenza una forma di difesa, senza immaginare quanto avrebbe perso delle persone che amava nella costruzione di quelle inutili roccaforti.

A un certo punto, Rocca spuntò alla nostra destra. Un piccolo agglomerato di case in pietra a vista. Rallentai quasi fino a fermarmi. Sentivo il vento fischiare tra le imposte di legno. Alla nostra sinistra c'era un fiume, che per un lungo tratto procedeva parallelo alla striscia di asfalto. Immaginavo mio padre bambino correre tra le stradine ricoperte di neve, sua madre e sua nonna che spuntavano da una di quelle porte che affacciavano sulla strada. Riconoscevo l'abbeveratoio con il tetto che avevo visto nella fotografia sul comodino della sua stanza. In quel momento, una donna si sporse a una finestra per poi riaccostare subito la persiana. C'era un tabaccaio e un vecchio immobile davanti a una panchina. Poco più avanti, un ristorante che portava il nome del Guerrin Meschino. Mio padre guardava dritto davanti a sé, come chi attraversa una tempesta e punta lo sguardo fisso alla meta. Non c'era davvero più nessuno che avesse voglia di rincontrare? Un vecchio amico d'infanzia cui fare un saluto? Amava quei monti, eppure non l'avevo mai visto così a disagio come in prossimità del suo paese. Da cosa stava mantenendo le distanze? Dal ricordo di Pauline e dalla promessa che le aveva fatto l'ultima volta che era stato lì e che non aveva saputo mantenere? O dal bambino che era stato in un mondo che forse non era andato del tutto perduto? Mi chiedevo cosa ci fosse ancora di nascosto nel suo passato. Ma non avevo il coraggio di fare altre domande, di chiedergli anche solo quale fosse la casa dove era cresciuto. So che c'era dolore nei suoi occhi, mi pungeva la pelle, come le folate improvvise di vento, e la sua faccia bianca mi pareva di gesso. Ebbi l'impressione che fosse sul punto di sgretolarsi. Durò solo un istante, quasi un'illuminazione. Mi sembrò di vederlo, per la prima volta, come fosse una delle sue sculture. Un bambino bisognoso d'amore. Così lontano dal travolgente istrione che avevo amato una volta.

Se Pauline lo aveva riaccolto nella sua vita, e come una Penelope paziente lo aveva preso per mano, io sarei stata capace di fare altrettanto? Erano davvero così veritiere le parole di nonna Antina quando spiegava a mio padre che il perdono è femmina? Avrei voluto stringerlo e abbracciarlo, accoglierlo in silenzio, come un Argo, e accettarlo, per quello che non era riuscito a essere, per aver disatteso ogni mia aspettativa. Ma pensavo anche a mia madre, ai suoi occhi pieni di ferite e di rancore, alla nostra vita monca e sempre incerta, e a tutto quello in cui avevo smesso di credere e che non ero riuscita a diventare.

«Mamma dice che non cambierai mai.»
«Tua madre vorrebbe potermi modellare, come io faccio con le mie sculture.»
«E perché non provi a lasciarglielo fare?»
«Perché un'opera non si cambia, Viola. Tutt'al più si rivela nel tempo.»

Avevo attraversato quel che restava dell'adolescenza zoppicante, come se mi fosse mancato un arto, come un reduce di guerra. Una delle tante figlie di divorziati della mia generazione, eppure l'unica figlia di Oliviero De Angeli, come citavano le sue biografie. Finalmente sapevo che di quella separazione così violenta non avevo colpe, e che nei suoi comportamenti c'era stata una logica. La dinamite che aveva fatto saltare la nostra famiglia, e quindi anche la gabbia in cui mio padre si era rinchiuso, aveva il volto di una donna francese dalla femminilità materna, generosa di amorevoli cure. Niente di più lontano da quello che era stata mia madre.

Per la prima volta riconoscevo i suoi sbagli. Le pretese e le disattenzioni. La smania di controllo, la frustrazione tradita da gesti dispotici e disillusi. Ripensavo a lei come a qualcuno che abita la vita aspettando sempre che accada qualcosa, e intanto il tempo passa e la vita è quello che è già successo, quello a cui non abbiamo prestato la dovuta cura. Era rimasta ferma su una banchina ad aspettare, o forse non era riuscita a salire sul battello giusto, a trovare un posto nel mondo. L'uomo a cui si era legata negli ultimi anni altro non era che una resa. Era la sicurezza, la tranquillità, l'anonimato. Un professore che insegnava agli altri delle regole, che spiegava una grammatica e una lingua. Mentre mio padre era sempre stato uno di quelli che se le inventava, la lingua e la grammatica della vita.

A un tratto, subito dopo una piccola chiesa sulla sinistra, ci ritrovammo immersi in un paesaggio singolare: una strada che s'insinuava tra le montagne, un taglio tra quei boschi che si diradavano fino a scomparire nelle pareti rocciose. Pareti sempre più spioventi, ostili, pronte a inghiottirci, in una gola lunga e stretta, mentre dall'altra parte ci attendeva Foce.

Superammo una galleria abbandonata, c'era un segnale di divieto. Passammo a sinistra, lungo un tratto dove un enorme masso pareva sul punto di staccarsi dalla parete rocciosa per precipitarci addosso.

Ci stavamo avvicinando a Nora, a quello che restava ancora vivo dell'infanzia di mio padre. Fu lui a rompere il silenzio. «Quando ero piccolo» mi disse «osservavo quello che accadeva in questi luoghi con meraviglia e scetticismo.»

L'istruzione di Nora si era fermata alla terza elementare, ma a detta di tutti quelli che le avevano chiesto aiuto, era davvero in grado di raggiungere con la mente luoghi e persone lontane, e di «vedere» i loro organi interni con la precisione di un'ecografia. Le sue descrizioni erano estremamente dettagliate e rivelavano un'esperienza che secondo lui non poteva che spiegarsi attraverso uno stato «espanso» di coscienza.

«... La Sibilla è la montagna sacra del nostro paese, Viola» continuò. «Per secoli ha attratto scrittori, viandanti, alchimisti, poeti. Una montagna femminile, pervasa da energie che consentono l'uso di facoltà altrimenti inibite, e che in questi luoghi sono appannaggio quasi esclusivo delle donne. Donne come mia nonna, Nora, e molte altre vergare che ho conosciuto.»

La donna che stavamo raggiungendo era riuscita, più delle

altre, a vagabondare in quella dimensione atavica e a dare prova al mondo di ubiquità, di chiaroveggenza. Mio padre non aveva mai avuto dubbi sulle sue facoltà. Quello che aveva sempre messo in discussione era che avesse anche la facoltà di parlare con chi, come sua madre o Pauline, non apparteneva più a questo mondo.

Mi guardò con un'aria triste: «Quando nonna Antina mi riferì quello che Nora diceva di mia madre, io non le credetti. Le sibille non sanno mentire nemmeno a loro stesse, era quello che ripeteva spesso, ma ho sempre temuto che ne siano state capaci, almeno una volta, e che l'abbiano detto solo per rassicurarmi, per tirarmi fuori dalla voragine in cui ero caduto».

Per questo, il giorno in cui prese dalla mano di sua madre la scatola dei colori, non aveva avuto il coraggio di chiederle di perdonarlo. L'aveva lasciata morire senza rivolgerle la parola. E che fosse capace di trincerarsi in lunghi silenzi me l'aveva dimostrato. «Non sono mai stato bravo nell'esprimere i miei sentimenti» aggiunse. «Me la cavo con le storie degli altri. Per quelle, le parole non mi mancano mai. Ma quando si tratta di me… io sono solo uno che disegna, Viola. Posso provare a dare una forma a quello che sento, ma non mi riesce neanche mai come vorrei.»

In quel momento, subito dopo l'ultima curva, Foce comparve davanti ai nostri occhi. Eravamo al centro della valle, in fondo si ergeva il monte Vettore, mentre alle nostre spalle, sulla destra, incombeva la Sibilla. Foce non era che una manciata di case raccolte tra le montagne. Era attraversata da una strada che partiva da un ampio piazzale con un monumento al centro, una sorta di piramide di sassi sovrastata da una croce. Il paesino si apriva intorno a quel monumento come un ventaglio, lasciando alla sua sinistra un piccolo lago ghiacciato e poco più avanti uno spiazzo con dei giochi per bambini: uno scivolo e un'altalena. Tutto era ricoperto di neve.

Fermai la macchina davanti a un necrologio, subito dopo il lago. Un novantenne era deceduto l'estate prima e l'avviso era ancora appeso.

Mio padre sospirò, come per raccogliere le forze. «Andiamo» disse, allungando una mano allo sportello, quasi a farsi coraggio.

«Ma se non credi che Nora sia in grado di parlare con Pauline, perché siamo qui?»

«Se mi ha mentito, lo scoprirò presto» mi rispose. «Le farò domande personali, cercherò delle risposte. Ma se è vero che riesce a parlare con le persone che dormono come ha sempre detto, non si tirerà certo indietro, e mi darà l'opportunità di dirle tutto ciò che non ho fatto in tempo a dirle, mi spiegherà cosa sente, o se ci sono speranze che Pauline possa risvegliarsi.»

La casa che stavamo cercando era in fondo, sulla destra, al numero 49, vicino alla chiesa. Un meticcio di piccola taglia ci abbaiava contro e un uomo lo richiamò con un fischio, poi insieme scomparvero dietro una portafinestra coperta da una tenda antimosche. Per il resto, in giro, non si vedeva un'anima.

Pensai a Nora, sola davanti a un camino acceso. Senza avere idea di come fosse realmente, vidi la sua faccia solcata dalle rughe, gli occhi velati dalle cateratte, i capelli candidi e radi, e la pelle sottile, grinzosa, come di pergamena. La vidi così bene, ritagliata nel bianco della neve, che di colpo mi fermai. A paralizzarmi era una paura che avevo sperimentato solo in sogno, ed era come essere di nuovo lì, nell'incubo che avevo avuto prima di rincontrare mio padre.

«Che fai? Non vieni?»

«Non posso.»

«Che ti prende?»

«Preferisco aspettarti qui.»

Mi osservava perplesso, ma non aveva voglia di insistere. In fondo sapeva che quell'incontro avrebbe dovuto affrontarlo da solo.

Dopo aver rimosso con il palmo nudo uno strato di neve, mi sedetti sulla panchina ai piedi del monumento. Cercai di allontanare ogni timore. Tenevo lo sguardo fisso sulle montagne scolpite all'orizzonte nel cielo fumoso.

«Io vado» mi disse lui, avviandosi lungo la strada. Sembrava stanco.

Lo osservai riprendere il passo e immaginai Pauline camminargli al fianco. La vidi all'improvviso: la donna del disegno, ancora giovane, dai capelli lunghi del colore del rame. La vedevo come vedevo le cose che immaginavo da bambina insieme a Mister Brady, quando salutavo con la mano rivolta ai muri e agli angoli della casa credendo di avvistare delle persone. Allo stesso modo vedevo mio padre e Pauline attraversare il paese innevato, come mi erano appena stati descritti: un vaso prezioso finalmente ricomposto, con le linee di frattura ricoperte d'oro. Ormai indivisibili. E capivo cosa era stato mio padre negli anni senza di lei: nient'altro che un coccio rotto, aguzzo, impossibile da maneggiare senza le dovute precauzioni.

Poi scomparvero insieme, inghiottiti da una di quelle case, lasciandomi sola tra le montagne. La Sibilla e il Vettore. Che si fronteggiavano come il primo uomo e la prima donna. E io piombata lì, da un mondo di luci al neon, solo per assistere a quello sguardo muto che si scambiavano da millenni.

Chiusi gli occhi, e la mia intera esistenza mi apparve come sprofondata nella valle, un fuoco che non emanava più luce né calore. Vedevo il centro commerciale, il supermercato, la scuola di Cristina, le corse di ogni singolo giorno. La goffaggine camuffata dietro il bisogno di ordine e disciplina. Le bollette da pagare. Il computer di Paolo che saltava insieme al generatore di corrente. La sua prepotenza. Il nostro letto mai completamente disfatto. I libri di letteratura su cui avevo passato le notti per superare esami che non mi avrebbero portato da nessuna parte. Tutto materializzato al centro di quel piccolo paese tra le montagne. Io e Paolo non eravamo mai stati così distanti, eppure erano così tante le cose indivisibili tra noi. Gli oggetti più essenziali. Come il frigorifero, muto testimone dei nostri messaggi e animato dai disegni di Cristina; il letto con il materasso in lattice, che avevamo scelto dopo accurate prove e infiniti compromessi; il divano in pelle; la casa stessa; ma soprattutto la persona in cui ci eravamo fusi mescolando i nostri geni: una figlia. Se pensavo a tutto quello che avremmo dovuto sostenere per affrontare una separazione: trovare un'altra casa, un altro letto, un altro frigorifero, un altro divano. Un altro luogo abbastanza grande da accogliere Cristina nei giorni in cui sarebbe stata con lui. E le ripercussioni che inevitabilmente quella scelta avrebbe avuto sulla sua vita, io le conoscevo bene... Mi mancò il fiato. Strizzai forte gli occhi. Le dita che premevano contro le palpebre, a cancellare ogni immagine. Mi sentivo persa. Forse anch'io, come mia madre, ero salita sul battello sbagliato, e la voglia di saltare giù era soffocata dalla certezza di non farcela. Dalla paura di non saper più nuotare.

Solo a quel punto mi accorsi della scritta che era incisa sul legno della panchina dove ero seduta. La spolverai bene con le dita per rimuovere la neve dalla superficie. «*Si non sedes is.*» Era latino: «se non siedi, vai». Mi chiedevo chi potesse averla incisa, in quale momento, e a quale scopo.

E quel pensiero mi tenne compagnia per un po', insieme a

uno strano torpore misto a inquietudine, mentre il freddo mi rosicchiava le dita.

Non so quanto tempo trascorse. A un certo punto vidi mio padre uscire dalla casa di Nora e tornare al monumento.

Si avvicinò. Osservavo l'alito uscire dalla sua bocca e condensarsi davanti a lui in piccole nuvole. Non mi accorsi subito delle lacrime che gli rigavano le guance. Ma non sembravano di dolore. Erano la luce di un pianto dolce, malinconico. Le lacrime di un vecchio che da bambino aveva creduto di poter bastare perfettamente a se stesso.

Nora lo aveva riconosciuto. Si erano abbracciati, restando in silenzio. Mi raccontò che nell'affanno lei gli aveva detto di aver sentito che qualcuno d'importante stava per arrivare. «È incredibile quanto assomigli ad Antina, eppure non avevano un legame di sangue. Ritrovarla così anziana, rimpicciolita... mi è sembrato di rivedere mia nonna.»

«Vive lì da sola?»

«Con lei c'è una ragazza. L'aiuta in casa. Sembrava gentile. Nora è quasi sempre ferma sul letto, ma pulita.»

«Le hai raccontato di me, le hai detto che ti stavo aspettando qui fuori?»

«Non me ne ha lasciato il tempo. Sicuramente avrebbe insistito per conoscerti. Le dirò che sei qui quando e se avrai voglia d'incontrarla.»

Mi alzai dalla panchina. «Torniamo indietro» gli dissi. «Sto morendo di freddo» mi strofinavo le mani soffiandoci sopra un po' di fiato caldo. C'incamminammo verso la macchina.

«Comunque sapeva che avevo avuto una figlia» aggiunse, venendomi dietro. «A un certo punto me l'ha detto così, dal nulla.»

«Sempre per via dei suoi poteri?»

C'era una vena d'ironia nel mio tono di voce, ma non era polemica. Avevo la sensazione che non ci fossero più schermaglie tra noi, che le parole fluissero leggere, anche se dovevo ancora metabolizzare tutte quelle che avevo ascoltato nell'arrivare fin lì. «Abbiamo parlato in generale della mia vita» mi rispose, mentre c'infilavamo in macchina. «Non ho avuto il coraggio di raccontarle tutto. Immagino abbia pensato che tu fossi figlia di Pauline e ho preferito lasciarglielo credere.»

Ingranai la marcia. «È riuscita ad aiutarti?»

«Le visite a distanza sono diventate molto faticose per lei. Ma non ha esitato a provarci.»

«E come è andata?» gli domandai, anche se sentivo che mi avrebbe inquietato qualunque risposta.

«Mi ha descritto l'ospedale di Grenoble fin nei minimi dettagli. La grande quercia nel giardino dell'ingresso. Conosceva persino il numero della stanza. Stava quasi per entrare, ma poi non ce l'ha fatta. È tornata bruscamente indietro. Mi ha chiesto scusa, dice che la sua mente è troppo stanca.»

Era bianco in faccia, il colore della carta, la bocca pallida e screpolata. «Mi ha promesso che ci proverà un'altra volta» aggiunse. «Domani mattina.»

C'era qualcosa, in tutta quella situazione, che m'incuteva disagio. «È assurdo...» reagii con un moto d'insofferenza. «Non te ne accorgi? Forse è davvero capace di vagabondare con la mente come dice, ma parlare con chi è in coma... L'hai detto tu stesso, non ci hai mai creduto. Se non era vero per tua madre, non lo è adesso... E poi, a prescindere da quello che d'importante hai ancora da dirle, vorresti davvero sapere che la mente di Pauline è ancora lì, in quello stato?»

Eravamo di nuovo in movimento, stretti tra le pareti rocciose di quella gola che ci stava rispuntando fuori, masticati e indolenziti, e la faccia di mio padre si era inabissata in una espressione struggente. Era il pensiero che lo torturava da anni, e che lo aveva torturato da bambino ogni volta che vedeva sua madre. Provai pena per lui, e rabbia nei confronti di Nora e di Antina, che ero certa gli avessero mentito, fino a imprigionarlo in quell'illusione.

«D'accordo» poi gli dissi. «Torniamo qui domani mattina.»

Non ero più così arrabbiata con lui, e nemmeno così gelosa come lo ero stata da ragazza. Eppure era ancora quel vetro rotto conficcato nel piede, quel cordone non reciso, quel bollore nel sangue. Io ero lì, seduta al suo fianco, dopo anni di silenzio, ma evidentemente, ancora una volta, non ero abbastanza.

Attraversammo di nuovo Rocca, questa volta compariva sulla sinistra, ma lui guardava altrove, dalla parte del fiume.

Non tornammo subito al rifugio. Mio padre voleva farmi vedere Montemonaco. Parcheggiammo la macchina nella piazza centrale, alla fine della strada, davanti al grande bar tavola calda con il terrazzo che affacciava sulla valle.

Il paese, così innevato, sembrava un disegno a matita su un cartoncino bianco. Ma era animato da un viavai di macchine e persone. I negozi e le botteghe tradizionali erano aperti, c'era più movimento di quanto avessi immaginato. Qualcuno saliva e scendeva le scale del bar con l'aria di avere una gran fretta.

L'indomani si sarebbe svolta la processione in onore di san Sebastiano, m'informò mio padre, e il paese era animato dai preparativi. C'era chi discuteva dei costumi secenteschi che avrebbe indossato, dei cavalli che avrebbero partecipato alla festa con i loro cavalieri. Alcune strade sarebbero state chiuse al traffico dalle dieci all'ora di pranzo, fino al banchetto a base di vincotto e salsiccia che la comunità avrebbe offerto ai presenti davanti alla chiesa di Santa Maria in Casalicchio. Mi disse anche che da piccolo partecipava alla processione tutti gli anni, persino sotto una bufera. C'erano quasi mille persone, venivano anche dai paesi vicini. Immaginai mio padre da piccolo scendere a valle insieme a nonno Alfio e a qualche compagno di scuola. Ma non feci domande. In quel momento aveva un'aria così assorta che ebbi paura di disturbarlo.

Non ci fermammo al bar, salimmo su una strada a sinistra all'interno della cinta muraria, nella parte alta del paese, e attraversammo quel mondo senza tempo, con i suoi piccoli portoni di legno e quegli strani simboli incisi sulle pietre degli architravi e delle facciate. Alla fine della via arrivammo a un parco panoramico, delimitato per un tratto dalle mura antiche. Da quella parte la vista dominava il digradare delle colline fino al mare, nella parte opposta si scorgeva invece la catena montuosa che orlava il cielo di bianco. Affondavamo con le calosce nella neve, ma da quell'altezza, con quella visuale, non mi ero mai sentita così leggera. Ci fermammo davanti a una staccionata, dove mio padre si appoggiò su un fianco. Aveva il fiatone.

Mi chiese di nuovo il telefono.

Questa volta glielo domandai: «Chi devi chiamare?».

«L'ospedale. Voglio sapere come sta.»

Era il numero con il prefisso straniero che avevo scorto nel cellulare quando avevamo fermato la macchina a Roccafluvione.

Si appartò ancora una volta tra gli alberi. La faccia seria, in attesa. Mi sorpresi in ansia per le condizioni della donna che me lo aveva portato via. O ero stata io a portarlo via a lei?

Quando mi restituì il telefono, volli sapere il responso.

«Sempre peggio. Prima che partissi, le è venuta un'infezione che ha aggravato le cose» mi disse. Poi cercò di scacciare l'apprensione tornando ad ammirare il paesaggio che si vedeva da lassù. Seguì un momento di silenzio.

«Mi piacerebbe che ci portassi Cristina un giorno» disse a un certo punto, quasi timidamente, come se avesse paura di affrontare l'argomento o di farlo nella maniera meno opportuna.

Avevo atteso a lungo che la nominasse. Troppo a lungo per non accogliere freddamente le sue parole.

«A chi somiglia?»

«Ha il viso della mamma, e disegna bene, come te» gli risposi, e accennai un sorriso di rammarico, ripensando alla notte in cui l'avevo messa al mondo, alla voce di mio padre nella cornetta del telefono che diceva: «Verrò a trovarti presto». Anche se sapevo che in quei giorni aveva combattuto le sue battaglie, non riuscivo a giustificarlo per non aver voluto condividere con me la parte più importante della mia vita.

«Voglio farti assaggiare dei salumi norcini che erano la mia passione» disse un istante dopo, cercando forse di alleggerire l'atmosfera. «Vicino al bar c'è una piccola bottega che ha un odore indimenticabile.»

Annuii. Mi tornarono in mente i panini al prosciutto che faceva preparare dall'alimentari sotto casa e che mi mandava a ritirare all'ora di pranzo. Anche l'odore di quel negozio non avrei potuto dimenticarlo. Era l'odore dei suoi panini, del cioccolato nel latte sorseggiato davanti ai cartoni animati o dietro la porta del suo studio, ad ascoltare il respiro del suo lavoro, il fruscio delle sue mani sopra il gesso. La signora Lia, la moglie del garzone, mi chiedeva sempre di lui, perché ero sicura che segretamente ne fosse innamorata. Quando tornavo a casa portando i panini, mio padre una volta su tre mi rispondeva: «A mamma diciamo che ti ho fatto la pasta, intesi?».

Rivolsi lo sguardo al panorama che mi si apriva innanzi, quel mondo così acerbo che non sapeva mentire. Avrei potuto restare lì a guardarlo per tutto il resto del pomeriggio.

In quel frangente sentivo il suo sguardo addosso. Non stava cercando un'assoluzione, non l'aveva mai cercata. Sembrava mi stesse studiando, con una specie d'inquietudine negli occhi che non ero mai riuscita a decifrare. Poi lasciò parlare i pensieri ad alta voce: «Una volta eri sempre appresso ai libri. Sei venuta qui senza portarti niente da leggere».

«Ho meno tempo.»

«Sognavi di scrivere» continuò. «Dimmi perché lavori ancora in un negozio che stampa fotografie.»

D'istinto mi misi sulla difensiva: «Non è così male come pensi».

«Non sto pensando male del tuo lavoro. Penso alla faccia che avevi quando sono venuto a trovarti. Dalla vetrina mi sei sembrata così spenta, rassegnata.»

«Non mi vedevi dal giorno del matrimonio.»

«Quel giorno eri bella. Sei sempre stata bella. È il tuo modo di vestire, l'atteggiamento delle spalle, così ricurve, a toglierti luce.»

Sentivo che stavamo tornando su quel sottile crinale che ci aveva sempre visti in bilico. Non avevo mai sopportato le sue intrusioni, le critiche di chi non c'era mai stato e credeva di conoscere tutto. Potevo raccontargli anche la verità e dirgli che dopo la laurea non ero riuscita a combinare nulla di costruttivo, per un po' avevo addirittura accettato un lavoro come supplente in storia dell'arte, che non aveva fatto che acuire quella sensazione d'inadeguatezza che mi portavo addosso da anni, come se in quell'aula fossi ancora più insignificante paragonata al suo successo. Potevo anche dirgli che quel negozio era un modo di affermare la mia individualità e la mia sconfitta. Ma non glielo dissi. Tutto quello che avevo appreso della sua vita in quei giorni sembrava aver inghiottito parti intere della mia: traguardi, fallimenti, rancori, giustificazioni, scuse. Mi limitai ad annodarmi i capelli dietro la nuca e ad abbassare lo sguardo.

Ma lui continuò: «Ho capito che non è un buon momento per le vostre finanze». Stava cercando lo stesso una via d'accesso. «Vorrei poter fare qualcosa per aiutarti.»

«Non devi.»

Non avevo mai avuto bisogno di un aiuto economico, con mia madre ce l'eravamo sempre cavata da sole, e anche ora che ero in rosso e Paolo non guadagnava come prima, lui sarebbe stato l'ultima persona da cui avrei accettato dei soldi.

«I quadri che mi restano sono tuoi, vorrei che li prendessi» insistette.

«Te l'ho detto, non ne ho bisogno.» Volevo tagliare corto. Tornare a parlare di lui. «Piuttosto, non avevi detto che volevi farmi assaggiare una specialità del posto?»

Esitò un istante. Poi sì allontanò dalla staccionata e riprese a camminare, chiedendomi di seguirlo.

Entrammo in una piccola bottega sulla piazza, stipata di ogni prelibatezza. Dal vetro del bancone ammiravo il modo semplice in cui erano esposti i formaggi e i salumi locali. C'erano anche dei sacchi di rafia colmi di legumi essiccati. «I maiali dei nostri non fanno sconti» c'era scritto su una targa di legno che ciondolava dal soffitto. Un vecchio signore con gli occhi azzurri e la testa pelata ci serviva con puntigliosa meticolosità. Aveva le mani secche, consumate, ma pulite.

«Tu non prendi niente?»

Mio padre chiuse gli occhi e inspirò profondamente: «Senti cos'è quest'odore, mi basta solo quello. È l'odore delle Marche. L'odore di casa».

L'uomo al banco lo guardò un po' più a lungo. Forse lo conosceva e stava cercando di ricordare a quale nome appartenesse quella faccia. Ma mio padre non disse altro. Pagò il panino e me lo porse.

Lo mangiai all'aperto, nella piazza. Affondai i denti nel sapore della sua infanzia, in quella crosta croccante che racchiudeva una mollica morbidissima. Non ricordavo di averne mai mangiato uno così gustoso. Avevo voglia di ripartire da lì, da quel panino, se ne fossimo stati capaci.

«Andiamo a vedere quel piccolo negozio» disse a un certo punto, e mi portò davanti a un'erboristeria piuttosto folcloristica, di quelle con le vecchie bilance in rame e le ampolle di vetro sugli scaffali di legno. C'era un odore pungente di erbe officinali, e una vecchia signora al banco che avrà avuto l'età di mio padre o giù di lì. Dalla scala dove si era arrampicata per prendere qualche infuso, spiccava la sua figura giunonica, fasciata in un vestito scuro dal cui orlo sbucavano i polpacci rotondi.

Non so da cosa lo intuì, ma ci disse: «Voi dovete essere i forestieri che alloggiano da Tomer» e scendendo dalla scala guardò mio padre, come se il suo volto le riportasse qualcosa alla memoria.

Lui annuì. E io mi chiesi come mai non avesse sentito il bisogno di dire anche che quello era il paese dove era cresciuto.

Un'altra donna più giovane, seduta su una sedia in un angolo, che dava l'idea di trovarsi lì solo per tenere un po' di compagnia, ci chiese: «Siete qui per la processione?».

«Anche» rispose laconico mio padre, e si mise a odorare alcuni sacchettini di lavanda ammucchiati in un cestino.

In quel momento lo sguardo mi cadde su uno scaffale accanto al bancone, che esibiva dei quaderni a fiori probabilmente pensati come oggetti da regalo per raccogliere ricette.

«Scusi, posso prenderne uno?»

«Ma certo.»

E mi ritrovai a sfogliare un libretto dalle pagine a righe e con la copertina rigida che mi ricordò immediatamente il mio quaderno magico dell'infanzia.

In quel momento, il flash di una macchina fotografica mi fece sobbalzare. Mi voltai e vidi Tomer sulla soglia. Le dita lunghe, delicate, che stringevano l'obbiettivo puntato nella mia direzione. Provai un sollievo inaspettato nel trovarlo lì, anche se gli rivolsi un'occhiata di rimprovero. E lui mi strizzò l'occhio di rimando.

Ci salutò e venne accolto con calore, come se con ognuna delle due donne potesse vantare una certa confidenza.

«Giù al rifugio» disse la proprietaria del negozio. «V'ho portato delle olive impanate, quelle bone, delle nostre, du' pomodori e un po' de rispigna. V'ho lasciato tutto sulla porta.»

Tomer la ringraziò e cominciò a decantare le lodi delle olive ripiene impanate che la donna preparava da quando era ragazzina. «Il segreto sta nella noce moscata che metti nel ripieno, giusto, Assunta?»

Assunta minimizzò con ritrosia e, come rianimata dalla presenza di Tomer, c'invitò a cena; ci teneva di più a organizzare una giocata a *quintiiu*, una specie di tresette a cinque giocatori che riempiva di carte le serate del paese.

«Varrebbe la pena soprattutto per sbronzarsi ben bene della vostra *miscela*...» ironizzò Tomer, riferendosi a una bevanda locale a base di vino e gazzosa. Ma mio padre era visibilmente stanco e non raccolse il loro entusiasmo. «Io tornerei al rifugio, se non vi dispiace. Mi accontenterei delle olive.»

Mi offrii subito di accompagnarlo.

«D'accordo, vi raggiungo dopo cena allora. Do una mano ad Assunta con i preparativi per la processione» e ci lasciò uscire dal negozio con un cenno di saluto.

Tornammo all'«Eremo delle rose».

Era gelido. Un gelo da castigo. Mentre mio padre accendeva il fuoco, portai alla credenza la busta di provviste, che Assunta aveva lasciato fuori. La svuotai e misi un po' in ordine. Avevo bisogno di muovermi per scaldarmi, e anche di farmi una doccia. Così scesi al piano di sotto. Nel bagno c'era solo la vasca, e per lavarsi i capelli bisognava inginocchiarsi sul pavimento e usare l'acqua che usciva da un tubo nel muro. Pensai a una prova di coraggio. In compenso avevo a disposizione un asciugamano grande e pulito, anche se la spugna si era irrigidita per via del freddo.

Ricordo il tepore che provai subito dopo davanti al camino, mentre mi asciugavo i capelli. Mio padre che trafficava in cucina, facendo il solito disordine, perché aveva trovato del riso e aveva voglia di prepararmelo «alla ciocca», come lo mangiava da bambino. Il calore del fuoco mi accarezzava le guance e le faceva formicolare. Mi sentivo al sicuro, protetta. Fuori, la neve aveva ricominciato a cadere.

Pensai a Tomer e alle numerose serate in solitudine che doveva aver trascorso in quella casa, tra le onde ambrate che le fiamme disegnavano sulle pareti e sul soffitto, magari assorto nella lettura di un libro. O intento ad ascoltare rock ad alto volume.

Chiesi a mio padre che cosa facesse di preciso e come fossero diventati così amici.

«È un cacciatore di luce. Fotografa le sue montagne» mi disse. «E le sue immagini hanno un discreto valore sul mercato.»

Considerare quello il suo lavoro richiedeva uno slancio poetico che cozzava con l'immagine terrigna che fino a quel momento Tomer aveva dato di sé. Evidentemente ognuno nasconde un segreto. Mi sorprendevo al pensiero di lui che usciva presto la mattina e caricava l'attrezzatura sul pick-up per raggiungere le vette a cacciare la luce.

Mentre fissava la pentola al gancio sopra il fuoco, mio padre mi disse anche che quando si erano conosciuti a Parigi, e quell'ex marinaio era ancora poco più che un ragazzo pieno di voglia di imparare, si erano sentiti come due sobri in un ritrovo di alcolisti. In quell'ambiente, a tratti così eccentrico e dissacratorio, in fondo erano due spiriti che parlavano la stessa lingua.

I quadri e le sculture di mio padre riflettevano l'aspetto più mistico del suo modo di essere. Non avevo ancora avuto occasione di vedere le fotografie di Tomer, ma sospettavo che ci fosse un'assonanza nel loro modo di guardare il mondo. Me lo confermò quella sera stessa: a unirli, e a farli sentire così sintatticamente affini, era stata la luce.

«Lo vedi questo posto? Il terreno su cui Tomer ha edificato questa casa?»

Annuii, incuriosita.

«Non è un caso che gli abbia fatto conoscere proprio questo piccolo bosco.»

Mi strinsi la coperta intorno alle spalle, raccogliendomi nelle ginocchia.

«Siamo nell'Utero della Sibilla. Da qui si nasce per raggiungere il mare. Dritto in quella direzione» e indicò la finestra.

Sembrava tornato l'affabulatore della mia infanzia. «Io qui ci venivo a giocare da piccolo» proseguì. «Per noi ragazzini di bassa montagna era normale andare in esplorazione, camminare per chilometri. Crescendo avrei scoperto che gli adoratori del culto della Grande Madre, sin dai tempi antichi, considerano questo luogo carico di energia. Al tempo, però, ero solo un piccolo esploratore, che una volta si è perso e non è riuscito a tornare a casa.»

Era accaduto in un giorno di primavera, in cui si era trattenuto più a lungo del solito a giocare vicino al Cossudro, il piccolo fiume che attraversa il bosco. Aveva sette anni. La madre lo aspettava per cena, ma lui, catturato dalla bellezza del paesaggio, aveva deciso di risalire la Sibilla.

Quando fece buio, si lasciò sorprendere dal freddo e dalla paura, tanto che decise di fermarsi e di accucciarsi ai piedi di una grande roccia ancora calda di sole. Passò la notte lì. Il giorno dopo, all'alba, lo trovò un pastore, raggomitolato come un animale sulla terra, addormentato, ma vivo. La madre non aveva avuto neanche il coraggio di dare l'allarme. Era rimasta tutto il tempo in ginocchio sull'uscio a pregare, paralizzata al pensiero che suo figlio potesse essere stato sbranato da un lupo, e senza poter immaginare che quella notte fu invece per mio padre la più radiosa della sua vita.

La visione del cielo l'aveva confortato dal freddo. Non gli era mai apparso così limpido e cristallino come quella notte. Gli era sembrato di scorgere molte più stelle di quante i suoi occhi ne avessero potute contenere. A un certo punto, sul Bove, il monte che aveva davanti, aveva notato una luce arancione, molto più grande di una stella, e l'aveva osservata a lungo prima di scartare la possibilità che si fosse trattato di un falò.

Finché la luce non aveva cominciato a spostarsi verso sinistra, sfiorando progressivamente le cime dei monti sottostanti, per poi fermarsi sopra il Vettore. Come trasognato, mio padre si era voltato e aveva scorto un'altra identica luce, sospesa a sua volta sopra il monte opposto, il Priora, a una distanza di pochi chilometri in linea d'aria. Da quel momento si era sentito come preso in un vortice e aveva cominciato a perdere gradualmente la consapevolezza di sé. Era stato più forte di qualsiasi droga, di qualsiasi acido, che da adulto avrebbe sperimentato come tutti gli artisti suoi contemporanei. Ma non c'era sostanza chimica che potesse indurre un'emozione simile. Dopo una sosta che non avrebbe saputo quantificare in termini di tempo, le due luci si erano sollevate all'unisono, diagonalmente, fino a incontrarsi in un susseguirsi di bagliori dalle sfumature bluastre. Aveva seguito con lo sguardo il percorso di ascesa e incontro di quei due globi luminosi, e il loro successivo allontanamento. Era solo un bambino, ma aveva sentito la mente assottigliarsi, quasi fino ad annullarsi, travolta da un senso di beatitudine.

«È stato a partire da quel momento che ho cominciato a disegnare la luce.»

E fu la prima cosa che raccontò a Tomer quando si conobbero a Parigi. Quel giovane pieno di passione aveva già visitato alcune delle montagne sacre più importanti del pianeta e i suoi occhi si erano colmati di paesaggi di ogni genere. Aveva compreso come ci fossero diversi modi di osservare. Una montagna poteva apparire semplicemente una montagna, oppure, in particolari momenti, una porta verso altre dimensioni. Ed era l'interlocutore ideale con il quale parlare della Sibilla.

Tomer, che fino a quel momento sulla Sibilla non ci era mai salito, decise di organizzare proprio in quegli anni la prima escursione, e si rese subito conto che avrebbe potuto rinvenire sulla catena dei Sibillini la stessa sacralità che pensava di dover ricercare altrove, perché non serviva recarsi in Oriente se non si era pronti ad accoglierne la Luce nel proprio «Occidente».

Era stata la luce a farli incontrare. E la luce aveva spinto Tomer a costruire quel posto. Un rifugio per chi, come me, viveva inscatolato tra fili elettrici e cemento.

«Lui ha dato un senso alla sua ricerca, per questo ho investito in una porzione di questa casa» aggiunse mio padre. «Quando osservo queste mura, mi viene in mente un campo morfico» disse poi, mentre mescolava il riso. «Sai di cosa si tratta?»

Non ne avevo mai sentito parlare.

«Il modo in cui la materia si organizza sembra rispondere a una sorta di disegno immaginario di una natura che si potrebbe definire immateriale o psichica» mi spiegò, e intanto riempiva i piatti. «Alle geometrie di un fiore sottosta un campo morfico attorno al quale si organizza il suo sviluppo cellulare. La coscienza "fiore" crea il fiore. Dall'invisibile procede il visibile. È chiaro?»

«Non capisco dove tu voglia arrivare.»

«Ora ti sembrerà azzardata la mia associazione. Ho pensato a quei due globi luminosi come a un campo morfico, che tracciava il perimetro invisibile di questa casa, proprio in questo posto. Come se io e Tomer, al pari delle cellule che si organizzano intorno al progetto di un fiore, ci fossimo incontrati solo per questo.»

«Cosa vorresti dire?»

«Se non fossi mai partito, non l'avrei mai incontrato, e questo posto ora non esisterebbe. Ma forse sarei stato più felice se avessi seguito mio nonno tra queste montagne, insieme alle nostre capre. Credimi, Viola, chi possiede il dono della semplicità, non può essere posseduto da nessun'altra ricchezza.»

Mi faceva male ascoltarlo. «Anch'io faccio parte del disegno, papà» lo interruppi. «Se avessi seguito tuo nonno, io ora non sarei qui. E pretendo che tu lo riconosca, che mi guardi in faccia e mi dica che ne è valsa la pena. Di tutto.»

Ci guardammo. Allungò una mano e mi accarezzò una guancia con le dita. Aveva gli occhi lucidi.

«Perché solo ora?» gli chiesi. «Tutte quelle storie che mi raccontavi... tutte le volte che parlavamo di noi e io non avevo idea di chi fossi.»

«Eri solo una bambina.»

«Ero tua figlia.»

«Ora lo so.»

Provai a tendere una mano verso di lui ma non lo feci, all'impulso non seguì il gesto. Ricordo di aver detto solo: «Per essere uno che non sa esprimere i propri sentimenti se non attraverso le storie degli altri, non te la cavi poi così male». E piegai le labbra in un sorriso. Lui fece altrettanto. Nessuno dei due, probabilmente, ricordava l'ultima volta che avevo smorzato la tensione con una battuta.

Cenammo, ironizzando sulla commestibilità del riso che più che «alla ciocca» sembrava preparato alla cieca. E poi ci mettemmo a guardare il fuoco, la «televisione della sua infanzia» come la chiamò lui prima di andare a prendere del mistrà nella credenza. Bastò qualche sorso a fargli tornare la voglia di leggerezza, di scacciare ogni fantasma rivangando solo le cose più divertenti della nostra lontana convivenza. Cercai di assecondarlo, mettendo per una volta da parte tutto il resto, perché sentivo che non avremmo più avuto un momento del genere, solo nostro, così necessario, per prepararci a qualcosa di nuovo, aprirci a un cambiamento.

A un certo punto mi accorsi che aveva gli occhi rossi e febbricitanti, faceva quasi fatica a tenerli aperti. Gli misi una mano sulla fronte e sentii che era caldo. «Papà, ma tu hai la febbre!»

«È solo stanchezza.»

«No, scotti, hai la febbre. Devi prendere qualcosa.»

Provò a opporre resistenza. Ma era contento di ritrovarmi premurosa, e troppo assonnato per sottrarsi alle mie cure. Così presi del paracetamolo che tenevo nella borsa e glielo sciolsi in un bicchiere. Lo costrinsi a berlo e quindi lo accompagnai a letto.

I vestiti di ricambio erano appallottolati per terra, accanto al borsone. Alzai la temperatura della stufa e li raccolsi per piegarli su una sedia di legno vicino al comodino. Poi lo aiutai a sfilarsi le scarpe, e con ancora indosso i pantaloni di fustagno, il maglione e la sciarpa, lo feci sdraiare e gli rimboccai le lenzuola. Il suo corpo ossuto e tremante premeva contro la lana della coperta. Era così invecchiato. «Non mi racconti neanche una storia?» scherzò con un'espressione buffa, da ragazzo impunito. Gli sorrisi, mentre scuotevo il capo con rassegnazione. Alla fine mi chinai e gli diedi un bacio sulla fronte. Di nuovo quel profumo di patchouli screziato d'aceto. E prima di uscire dalla stanza e tornare al camino, pensai che quella sagoma, bisognosa e rimpicciolita, affogata da lenzuola e coperte, era il grande maestro Oliviero De Angeli. Mio padre.

Non appena mi addormentai sognai Nora, come l'avevo sempre immaginata. Una donna anziana e sottile con indosso una vestaglia bianca, che nel sogno ondeggiava, insieme ai capelli, come fosse sott'acqua. La bocca serrata, eppure intenta in un canto remoto e ancestrale, come il richiamo di una sirena.

Mi svegliai di soprassalto. La fronte sudata, il cuore bloccato in un salto troppo lungo e veloce. Ero sul divano, avvolta nella coperta, la brace del camino era ormai quasi spenta, mentre fuori la notte si era stesa sulle montagne a soffocare ogni rumore. La finestra accanto alla porta non era che un riquadro scuro, di pece. E in quel momento un aereo attraversò il cielo, e il suo lungo, rumoroso sbadiglio interruppe il silenzio, riportandomi al mondo civilizzato. Immaginai i passeggeri in viaggio, con le cuffie ficcate nelle orecchie, l'aria condizionata che usciva dai bocchettoni, le hostess che servivano la colazione preconfezionata su vassoi striminziti. Un pensiero che in qualche modo riuscì a tranquillizzarmi.

Ma una sagoma spuntò nella penombra. Spaventata, mi alzai di scatto.

«Sei sveglia?»

Credo di aver risposto con una specie di rantolo, le braccia che fendevano l'aria, come fosse stata pesante.

«Sono io» mi disse, venendomi incontro.

Era Tomer, la sua faccia rassicurante.

Mi afferrò gli avambracci: «Calma, respira» mi teneva stretta. Era saldo, possente. Avevo i suoi occhi piantati sul viso, occhi che come ganci mi riportavano in quella stanza.

Ripresi fiato e mi sedetti.

«Mi dispiace averti spaventata.»

«Che ore sono?»

«Quasi mezzanotte.»

Mi versò dell'acqua in un bicchiere e me lo porse. La sua presenza era riuscita definitivamente a calmarmi, come se avesse aperto un passaggio dentro il quale ero scivolata, senza fatica.

«Mi ero addormentata... credo di aver fatto degli strani sogni.»

Rintuzzò la brace per rianimarla in un fuoco vivace e venne a sedersi accanto a me.

«A volte i sogni sono come segnali che ci chiedono di risintonizzare la nostra frequenza.»

Nel ruolo di maestro non era convincente, e il mio tono divenne involontariamente sarcastico: «E questo dove l'hai letto?».

«Non l'ho letto. È quello che mi capita.»

«E tu cosa fai per risintonizzarti?»

«Tanto per cominciare, mi fermo e mi ascolto.»

Non so perché non riuscissi a prenderlo sul serio.

Se ne accorse. Sospirò, mi guardò e mi disse: «Vieni, voglio mostrarti una cosa».

Lo seguii osservando il profilo delle sue spalle larghe e il modo armonioso in cui si restringevano fino alle natiche, che ondeggiavano in una mascolina eleganza. Aveva le maniche della camicia sollevate fino a tre quarti, sopra braccia che erano un fascio di muscoli e nervi. Mi sorpresi a pensare alle donne che lo avevano seguito in quel rifugio, al piacere che dovevano averne tratto.

C'era una stanza nell'«Eremo delle rose» che non avevo ancora visto, la sua.

Sembrava una casa a parte. Era uno spazio molto grande. Entrandoci avevi la sensazione che fosse meno spartano e più accogliente rispetto al resto del rifugio. In fondo c'era un letto bianco a due piazze e davanti alla porta un piccolo salotto pieno di libri, che teneva impilati uno sull'altro, sopra un tappeto color panna di lana ricciuta e in una rientranza della parete che era stata attrezzata con degli scaffali. C'era anche una specie di enorme flauto di legno decorato con motivi tribali appoggiato in un angolo, e un braciere con della legna sotto una canna fumaria che Tomer si preoccupò subito di accendere.

Le pareti erano tappezzate di fotografie. Le *sue* fotografie. Quella caccia alla luce di cui mi aveva parlato mio padre. Ritraevano montagne. Ma più che a dei panorami facevano pensare a delle visioni. Non era possibile scivolarci sopra con lo sguardo, come su un'immagine qualsiasi; quelle fotografie avevano il potere di calamitarti tra le rocce, di piantarti lì, come un cespuglio, e di lasciarti immobile a contemplarle.

«Non era un modo per portarti nella mia stanza» disse spiritoso. «Volevo mostrarti cosa faccio, quando ho bisogno di ritrovare le mie frequenze.»

Ed era un modo più che convincente. La montagna sapeva offrire qualcosa di così eterno. Il gioco di luci e sfumature che le nuvole, la neve, il ghiaccio, il cielo, ritrovandosi insieme, erano capaci di restituire. Sapevo che non erano artefatte, che anzi erano il frutto di lunghe attese e preparazioni, eppure sembravano confondere e dilatare ogni riferimento. Quegli scatti potevano essere stati fatti persino su Venere o Marte, tanto mi apparivano straordinari.

«Non ho mai visto nulla di simile. Lavoro in un negozio dove si stampano fotografie» gli dissi. «Di solito la gente riprende paesaggi che non risuonano, è come fossero muti. E quanto alle persone, sembrano sempre nel posto sbagliato.»

Tomer estrasse un catalogo dalla pila accatastata: una raccolta di ritratti, scattati durante alcuni viaggi che aveva fatto. Anche se la sua specialità erano le vette e le acrobazie luminose, non aveva potuto esimersi dal catturare l'umanità dei popoli che aveva conosciuto.

«Di solito il disagio è in chi scatta, non in chi è fotografato.»

Mi mostrò la foto di un bambino indiano che giocava a tuffarsi in una pozzanghera, e la prima cosa che risaltava dall'immagine era l'ebbrezza di quel bagno. L'euforia dell'incoscienza. Non la povertà e la sporcizia che impolveravano il contorno.

Mentre Tomer era concentrato sul suo lavoro, io posai lo sguardo sul suo viso. Mi sembrava di vederlo per la prima volta. Mi apparve così diverso dall'idea che mi ero fatta di lui. E dal ricordo di quella sera a Parigi che mi aveva tormentato da quando l'avevo rivisto sulla porta e avevo scoperto che era lui l'amico di mio padre ritiratosi tra i monti. Quando si accorse che lo stavo fissando, i nostri occhi s'incrociarono per un momento e provai un senso di vertigine. Mi sentii di nuovo diciottenne, con una salopette indossata sulla pelle nuda, nel salone di una grande festa. Tornai subito alle fotografie appese alle pareti. E solo in quel momento mi accorsi che su quella di destra il protagonista era il cielo. Ma un cielo trafitto dalle scie degli aerei; ne aveva immortalate decine. Graffi che andavano in tutte le direzioni.

«Queste montagne fanno parte di un'area protetta» mi spiegò, serio come non lo era mai stato. «Ma lassù, è un crocevia. Il progresso non si ferma.»

Me lo disse mentre accendeva il braciere, gli occhi di nuovo piantati su di me, come fossi in parte responsabile di quei graffi. Occhi che scavavano nei miei e che fiutavano l'odore dell'assuefazione, della dipendenza da tante cose inutili.

Un istante dopo mise a bollire dell'acqua appoggiando un pentolino a contatto diretto con il fuoco e tirò fuori un sacchetto di foglie essiccate per metterle in infusione.

«Giuro, è biancospino. Fa bene al cuore.» Alzò le mani come a volersi giustificare, nel modo spiritoso che conoscevo.

Sorrisi anch'io: «Non so mai quando scherzi o fai sul serio».

Versò l'acqua in due tazze di coccio, immergendo il biancospino annodato in fagottini di stoffa. I suoi gesti erano quasi materni, ma tradivano una sensualità tutta maschile, che sembrava racchiudere una grande energia.

Mi venne voglia di accarezzargli le mani.

Si sedette sopra uno dei cuscini sparsi e m'invitò a fare altrettanto.

Le occhiaie della serata appena trascorsa, i capelli arruffati, gli anni che incalzavano fieri, la barba incolta, rossiccia, intorno a due labbra carnose: sembrava uscito da un dipinto di Caravaggio.

Iniziò a raccontarmi che viveva in quel rifugio da quasi sei anni, l'aveva seguito una ragazza, ma la storia era finita da più di un anno perché lei era tornata a vivere in città.

Si rendeva conto che era difficile per una donna vivere lì, in quel posto un po' magico, accanto a un uomo come lui, ossessionato dai Sibillini per la loro luce, una luce particolare che era tutto ciò che gli serviva.

«Papà dice che sei un cacciatore.»

«A tuo padre piace giocare con le parole. Ma la luce non è qualcosa di esterno a te, è qualcosa che ti appartiene. È vibrazione, risonanza, conoscenza. Non la puoi cacciare.»

Parlammo della notte che mio padre bambino aveva trascorso sulla Sibilla e lui mi disse che nelle terre considerate sacre non erano fenomeni poi così insoliti, e che in quei luoghi in particolare erano in molti a riferire di strani giochi di colore che lo spettro solare pennellava lungo il profilo della montagna.

«Siamo nel paradiso della Regina Sibilla» aggiunse, con un'espressione accattivante. «Queste rocce irradiano l'energia delle fate.»

Misuravo la sua sensibilità nel modo che aveva di rivolgersi a me e nella delicatezza dei gesti, nonostante il suo aspetto rude, di guardarmi e stare in silenzio senza imbarazzo, con estrema dolcezza. Negli anni aveva approfondito la conoscenza delle varie religioni nel mondo, e aveva deciso di riposare il sabato, come nel calendario ebraico. Per lui una giornata cominciava quando Venere spuntava nel cielo, e se era possibile la salutava con un bagno nell'acqua del Cossudro. L'acqua che lava via i pensieri, purifica.

Mi spiegò la bellezza di bere dalla sorgente, di tornare alle origini. Come l'acqua, che scendendo a valle si mischia con elementi che le sono estranei, così il pensiero, che noi crediamo nostro, segue gli stessi percorsi, fino a perdersi in un mare dove non è più possibile distinguere la sorgente da cui proviene.

«Le vette significano questo per me» mi disse. «Riportare il pensiero alla sorgente. Nutrirmi di bellezza e di silenzio. Per poi scendere a valle e ascoltare le musiche dei popoli che ho conosciuto. Perché il silenzio richiama il rumore.»

Gli strumenti che teneva nel rifugio appartenevano alle tradizioni musicali che amava ascoltare e ricercare, come quel flauto nella stanza, un *didgeridoo*, uno strumento a fiato usato dagli aborigeni australiani. Parlammo anche di quello, delle vibrazioni che regalano certi suoni. «Ma non pensare di trovarmi un giorno con una tunica bianca in mezzo alla neve. Quella non è roba per me. D'inverno fa freddo e qui se non ti copri schiatti. Non è il sacrificio che eleva lo spirito, è l'equilibrio con ciò che ti circonda. Il segreto è riuscire a sentirsi liberi in ogni condizione.»

Quelle parole erano come un detonatore. Ripensai alle persone che io e Paolo frequentavamo abitualmente, alla loro vuota immobilità. A Paolo stesso. Le parole usate per riempire spazi, per soffocarne altre. Quelle ore al rifugio erano così lontane dalle notti piombate della mia vita, da quei momenti d'inerzia passati a letto, ad ascoltare il respiro pesante di Paolo con gli occhi fissi al soffitto, nell'attesa di sentir suonare la sveglia.

«E cos'è per te la libertà?»

«Rimanere in un posto finché senti che ti corrisponde davvero. Il giorno che non starò più bene qui, me ne andrò.»

Da marinaio a studente, da fotografo giramondo a cacciatore di luce. Quanti cambiamenti avrebbe ancora deciso di fare?

«E mi porterò dietro i miei fumetti.» Sorrise, tirando fuori dai volumi incolonnati un vecchio numero di *Zagor*, di cui s'intravedeva tutta la collezione.

«È il mio mito da quando ero bambino. Del resto, uno che aveva come modello Spirito con la scure non poteva che finire qui.»

Ora toccava a me sfotterlo: «Stasera per un attimo ho creduto che fossi cresciuto a pane e *Siddharta*».

«Mica scemo, cara mia. La vita è fatta di contraddizioni, altrimenti che gusto c'è. E a me piace cadere nelle contraddizioni. E soprattutto godere di quello che c'è.» Mi guardò allusivo.

Eccolo il boscaiolo inafferrabile, quello che viaggiava sempre su un crinale ambivalente. Ma più parlavamo, più si scioglieva e lasciava scorrere le parole come l'acqua nel Cossudro. Le rivolgeva a me. Le porgeva in dono alla donna implosa e infreddolita che gli sedeva accanto. Alla madre che aveva costruito il suo nido in un mondo compromesso e contaminato, un focolare ormai spento.

Lo sguardo mi cadde una volta ancora sulle fotografie alle sue spalle. Quel cielo trafitto, ammalato dai resti dell'uomo, ero io. Le donne, le madri e le figlie che erano venute prima di me, nella mia porzione di mondo, e quelle che avrebbero ereditato il mio posto. Eravamo come quel cielo: piene di graffi, inquinate, come l'acqua degli oceani. Come il pensiero dei nostri tempi.

Fu in quel momento che m'immaginai tra le sue braccia, come avrebbe voluto quella ragazzina sciocca dodici anni prima a Parigi. Scacciai subito il pensiero per quanto mi apparve assurdo. Ma lui era riuscito a intercettarlo, e allungò una mano per posarmela sulla spalla. Avvertii una scossa, un fuoco che divampava sul volto. Mi girai quasi per difesa, e Tomer lasciò scivolare le dita sulla mia scapola con una naturalezza che acuì il mio imbarazzo.

«Esiste ancora quel serpente?»

Sgranai gli occhi, sorpresa: «Ricordi il mio tatuaggio?».

«Ricordo una ragazzina spaventata e insicura che cercava di richiamare l'attenzione di suo padre.»

Esattamente quello che per due giorni avevo pregato che non avvenisse. Lo fissai, ammutolita.

«Ho sentito parlare di te per così tanti anni...» continuò.

«Non ho figli e non so cosa voglia dire. Ma so che c'è un legame fortissimo tra voi, anche se non fate che scornarvi, e che amare un uomo come lui non deve essere semplice.»

Era riuscito ancora una volta a farmi vacillare.

«Pensi che ero una stupida con quella salopette?»

«Oh no, penso solo che eri molto sexy» sorrise.

Di nuovo sentii le guance infiammarsi.

Una ciocca di capelli mi nascondeva parte del volto, avevo il vizio di portarli sempre in avanti, con la riga in mezzo. Me la scostò con le dita. «Fatti guardare» disse. «Perché hai così paura di essere bella?»

Io e Tomer non eravamo figli dello stesso mondo. La sua libertà, il suo approccio alla vita. Non potevamo essere più distanti. Eppure, in quell'attimo di silenzio i nostri occhi si sfiorarono per offrirsi reciprocamente un riparo. Me ne spaventai. Pensai a Cristina, e all'ideale di famiglia che avevo rincorso per anni nel tentativo di scacciare lo spettro che avevo conosciuto da bambina. Dovevo tornare a casa. Che idea malsana immaginare di trattenermi ancora in quel luogo. Come una tartaruga che si rifugia in una pietra cava e si lascia ammaliare dall'ipotesi di allontanarsi dal suo guscio.

Fuori cominciava ad albeggiare. Mi avvicinai alla finestra e, noncurante del freddo, la aprii. Il cielo era un tendone rosa corallo che si stendeva tra gli alberi tirato da parte a parte. Il bosco sembrava incappucciato di neve e di silenzio, persino l'acqua del fiume sembrava scorrere più lenta.

«Devo andare a dormire» dissi, senza guardarlo.

Non rispose, ma avvertii il suo respiro farsi più vicino.

Mi allontanai bruscamente e uscii dalla stanza. Nel salone minimale del rifugio, il freddo tornò ad attraversarmi la pelle.

Mi chiusi nella mia stanza. Avvicinai le mani alla stufa e

mi raggiunse il rumore dei suoi passi fuori dalla porta. Per un attimo mi sfiorò il pensiero di tornare indietro. Invece m'infilai sotto le coperte. Le tenevo strette contro il petto, quasi come uno scudo, aspettando di addormentarmi.

Nelle poche ore che dormii, sognai di nuovo Nora. Questa volta correvo in un bosco, lo stesso che avevo sognato prima di partire, lungo un sentiero stretto come un crinale, affondando i piedi nudi in una terra rossiccia e grumosa, cercando di lasciarmi Nora alle spalle. Ma ogni volta che mi voltavo indietro, lei era sempre lì, ferma e sospesa, alla stessa distanza.

Mi strinsi le gambe al petto, e solo allora notai che i calzini erano sporchi di terra. La stessa terra grumosa che avevo attraversato nel sonno. Era sparsa ovunque, anche tra le lenzuola. La toccai con le mani. Era proprio terra.

Sentii il respiro diventare un risucchio nei polmoni e il cuore accelerare il battito. Mi alzai di scatto per raggiungere la porta. La aprii e trovai mio padre seduto sul divano che sfogliava un libro.

«Vogliamo andare?»

Ripresi fiato, deglutii. «Prepara la borsa» gli dissi. «Dopo la visita vorrei ripartire subito.»

Tornai in camera e mi vestii in fretta, cercando di ignorare le tracce di terra rossa sulle lenzuola. Ce l'avevo ancora addosso, e in qualche modo dovevo rimuoverla, dai calzini come dalla mia mente, così la spazzai via con le dita, cercando una spiegazione razionale: un po' di terra capitata lì per caso, trascinata da uno spiffero. Infilai i piedi nelle scarpe e li strinsi tra i lacci, come per proteggerli, ma potevo ancora sentire i residui dei grumi strusciare lungo le suole.

Raggiunsi il frutteto per telefonare a Cristina. La temperatura era scesa di qualche grado. Quel giorno il freddo era un'eterna penitenza.

«L'hai trovata la fata Minù?» mi chiese ancora una volta mia figlia. I rumori della cucina che sentivo intorno a lei mi riempivano la testa d'immagini rassicuranti: il frigorifero ricoperto di disegni, Paolo che le versava il latte nella tazza e apriva la scatola dei biscotti.

«Sto andando a cercarla» le risposi. In realtà avrei solo voluto essere lì con lei. Abbottonarle il grembiule, sistemarle il succo di frutta nel cestino della merenda.

«E fa le magie e diventa piccola piccola?»

«Lo scoprirò presto.»

Tra gli alberi di mele rosa, sotto il cielo bianco, i fiocchi scendevano lenti e silenziosi, come tanti piccoli baci umidi e freddi.

In quel momento Tomer comparve lungo il sentiero, stretto in un giubbotto imbottito.

«Mi ha detto tuo padre che state partendo» disse. «Ti aspetta alla macchina.»

Sentivo il cuore palpitare, come non mi accadeva da tempo con un uomo. «Davvero li hai piantati tu tutti questi alberi?» gli chiesi.

«Non passate nemmeno alla processione?»

Non gli risposi. «Li hai piantati tu?» insistei per riportare su di lui la conversazione.

Non aveva voglia di ironizzare sulle sue coltivazioni, di sciorinare qualche battuta per stemperare l'atmosfera come aveva fatto il primo giorno. Stavolta mi rispose serio, quasi malinconico: «Le mele rosa sono frutti antichi» disse. «È sopravvissuto qualche vecchissimo albero sparso, ma non le coltiva quasi più nessuno.»

«Sono molto buone» commentai, incamminandomi lungo il sentiero.

«Ci mettono di più a maturare, rispetto a quelle che conoscevo io» aggiunse, seguendomi. «Ma si conservano molto più a lungo. Anzi, in primavera sono ancora più buone, perché la polpa si ammorbidisce. Per le cose speciali, vale sempre la pena aspettare.»

Non si riferiva soltanto alle mele, e le sue parole erano una carezza e una fonte inaspettata di gioia. Camminavo, avvertendo il peso di tutte quelle che non saremmo mai riusciti a dirci.

«Mi sarebbe piaciuto portarti sulle mie montagne» ammise a un certo punto, un attimo prima di raggiungere la macchina.

Non ebbi il tempo di rispondere. Mio padre ci stava guardando. Lui e Tomer si salutarono con un abbraccio prolungato che aveva il sapore di un addio.

Mi misi al volante. Accesi il motore e Tomer non si mosse. Ci lasciò andare, continuando a fissarci, finché non scomparimmo dietro la curva.

Lungo la strada, mio padre mi lanciò uno sguardo inquisitorio e rimase in silenzio. Sembrava aver capito molto più di quello che lasciava intendere.

A un certo punto tirò fuori un pacchetto dal borsone appoggiato ai suoi piedi.

«Stamattina ti ho preso una cosa» disse, mettendomelo davanti.

Lo guardai di sfuggita. «Non mi dirai che mi hai fatto un regalo...» e c'era un velo d'ironia nella mia voce.

«Per mettermi in pari» ribatté scherzoso.

«Vuoi che mi fermi e lo apra adesso?»

«Non c'è fretta. Te lo metto nella borsa» disse, voltandosi verso il sedile posteriore. «Preferirei che lo aprissi a casa.»

Continuavo a guidare, gli alberi che mi sfilavano di fianco mi sembrarono di colpo un tono più accesi. Cercavo di trattenere il sorriso che premeva sulle labbra.

«Prima di andare da Nora, fermati a Rocca» aggiunse lui un attimo dopo. «Vorrei farti vedere una cosa.»

Parcheggiammo la macchina accanto all'abbeveratoio, aveva smesso di nevicare.

Imboccammo a piedi una stradina che procedeva in salita, alla fine della quale c'erano i resti di un piccolo edificio in pietra di epoca tardomedievale, che dava l'idea di essere stato rosicchiato nei secoli, ma non solo dal degrado e dall'abbandono, era come se il materiale fosse servito nella ricostruzione di qualche altro edificio. Di quel rudere non era rimasta che la facciata, con le sue finestre arcuate e un rosone che lasciava intravedere un antico decoro. Di fronte a quelle macerie, mio padre sollevò lo sguardo.

«Era qui che vivevi?» gli domandai.

Mi sorrise: «Guarda com'è ridotto. Non sono poi così vecchio» rispose, e si voltò a destra, dove c'era il portico tradizionale di una piccola casa a due piani, con della legna accatastata in un angolo e un lavello di pietra arenaria ricoperto di brina. Poco più avanti, una rampa di scale sconnessa conduceva alla porta dell'ingresso. In alto c'era una colombaia, che forse anticamente era stata una torre di avvistamento, e che aveva conservato un sapore fiabesco. Incastonate tra le pietre, due piccole finestre, come occhi socchiusi tra palpebre di persiane consunte.

«Quella era la mia stanza nella casa di Antina» mi disse,

indicando l'ultima in alto. E in quel momento la porta si aprì e dalla casa uscì una donna, avvolta in un giaccone scuro, a sbattere una scopa contro la balaustra. Cadde uno strato di neve che, sfarinandosi, finì a un passo da noi.

Mio padre si ritrasse e tornò a guardare il rudere, finché la donna non rientrò in casa, scomparendo dalla nostra vista.

«La conosci?» gli chiesi.

Fece cenno di no con la testa, ma era visibilmente scosso. Ancora non potevo saperlo: non erano le persone, ma il luogo stesso a incutergli soggezione.

Poco prima della parete boscosa che delimitava il paese, sul retro del rudere, c'era uno spiazzo, con un acero secolare e una vecchia panca di legno al centro. «È qui che Antina e Nora si sedevano a parlare» mi disse, sostando giusto il tempo di indicarmi il luogo, per poi proseguire lungo la stradina che ci riportava al fiume. Aveva abbassato di nuovo lo sguardo, come se stesse evitando di soffermarsi sui dettagli.

Arrivammo davanti a un piccolo portone di legno scalcagnato con la maniglia arrugginita. Poco più su, una finestra chiusa, probabilmente a nascondere una casa disabitata. «È qui che sono nato» mi disse, rallentando il passo. «Dove mia madre è venuta ad abitare quando litigò con Antina» aggiunse, tenendo gli occhi fissi sui miei. E poi proseguì dritto, senza fermarsi, come se solo la vista di quella finestra gli fosse insopportabile.

Subito dopo mi condusse davanti a un secondo edificio cinquecentesco, dal paramento ben profilato in pietra a vista, e lì, al contrario, si fermò. Mi chiese di guardare con attenzione.

Sull'arco del portale, come sulla piccola monofora in alto, c'erano dei decori simbolici. Un simbolo in particolare, che raffigurava due cerchi collegati a un trapezio.

Lo riconobbi subito. L'avevo visto così tante volte nel corso degli anni che il collegamento mi venne spontaneo.

Quel simbolo era una versione più piatta e primitiva di *Eikasia*, delle sue sfere di gesso.

Mio padre sorrise: «Non pensavo l'avresti riconosciuta». Evidentemente sottovalutava l'impatto che il suo lavoro aveva avuto sulla mia vita.

La pietra tufacea nella cornice di quella piccola finestra risaliva a un tempo antichissimo. Ma la cosa straordinaria di quel simbolo, l'unica che davvero lo colpì quando lo vide per la prima volta, fu proprio l'incredibile somiglianza con le luci che aveva visto da piccolo nel bosco.

«Se qualcuno mi avesse chiesto di disegnarle, le avrei tratteggiate esattamente così.»

Riconoscendole in quel simbolo, si era ritrovato di colpo catapultato in quella notte di stelle di qualche tempo prima.

«A sette anni ho visto nel cielo la vita come doveva essere» mi confidò, tenendo gli occhi fissi sulla facciata dell'edificio. «In un tempo dilatato e sospeso. Era come se sapessi tutto, Viola. Cosa era giusto e cosa sbagliato. Perché siamo qui, dove stiamo andando. La mattina dopo, di quello scorcio d'infinita saggezza non era rimasta che una vaga impressione, e a pochi giorni di distanza accadde invece qualcosa che mi avrebbe cambiato per sempre.»

Quella mattina ritornava da scuola con lo zaino che pesava sulle spalle e i piedi che affondavano nella neve, quando sentì un uomo e una donna fermi davanti alla porta di una casa di Montemonaco parlare di sua madre e del bambino che le era capitato in disgrazia. Il figlio di uno stupro.

A quell'età, parole simili, anche se scambiate a voce bassa

tra due sconosciuti sull'uscio di una casa, si conficcano dentro come proiettili, che non uccidono subito ma che non si estraggono più.

Non fu pena quella che provò, né dolore. Solo rabbia. Una rabbia arcana, primitiva.

Quando rientrò in casa ansimava. Osservava sua madre sfilargli lo zaino e la giacca, e non riusciva a dire neanche una parola.

«Che hai? Che è quella faccia?»

Continuava a rimanere in silenzio, tremando.

Sua madre aveva il volto stanco, segnato da rughe precoci e profonde, e l'espressione spesso assente. Qualche volta lampi di rabbia le attraversavano lo sguardo, e quella notte che si era perso nel bosco, lei non aveva dato l'allarme. Lasciò per un istante che quella voragine di pensieri lo inghiottisse. Poi immaginò la pena che doveva aver provato nel portarlo in grembo, e vide la premura che malgrado tutto gli aveva sempre dimostrato. I pasti caldi, le coperte pulite e rimboccate la sera con una carezza. Poteva decidere di affondare nel suo petto e abbracciarla, invece scappò fuori, all'aperto, e corse fino al fiume. Corse fino a desiderare di scomparire, fino a perdere il fiato.

Poi la rabbia cominciò a premergli troppo forte contro il petto. E allora glielo chiese di chi era figlio.

Clara, che avrebbe evitato quel discorso fino alla fine dei suoi giorni, si sforzò ugualmente di rispondergli e gli disse che era stata amata da un signore di Amandola, un comune vicino, che però non se l'era sentita di crescere un bambino nella casa di una conciaossa.

«Perché tu sei una strega come la nonna!» l'aveva aggredita a quel punto mio padre, avvertendo nella bugia di sua madre i primi morsi di un senso di colpa che lo avrebbe tormentato per tutta la vita.

Pochi istanti dopo, Clara era caduta a terra per non rialzarsi più.

Lo rividi ancora una volta bambino. In disparte dai coetanei, stava su un precipizio di sentimenti senza voce. Nessuno sembrava accorgersene, ma aveva smesso da tempo di cercare la luce. E l'unica che gli era venuta incontro nel buio era stata proprio la strega Antina.

«Quando vidi questa incisione per la prima volta, vivevo già dalla nonna, ed erano i primi giorni che uscivo alla luce del sole, ma non avevo ancora ricominciato a disegnare» mi spiegò. «Quel giorno chiamai la nonna e la trascinai fino alla finestra. La supplicai di dirmi cosa fosse.»

Antina conosceva bene quel simbolo, sfuocato dal tempo e restituito solo a uno sguardo più insistente. Incisioni del genere comparivano ovunque, in molti borghi del territorio; stelle scolpite su portali e architravi di fantasmi di pietra, che nascondevano la loro storia fra i vicoli invasi dai rovi. Come le moderne insegne luminose, un tempo quei simboli indicavano la presenza di laboratori alchemici, ospedali, scuole e accademie in cui si apprendevano le arti e i mestieri. La gente del luogo amava vivere e produrre al ritmo scandito dai cicli agricoli, e intanto pellegrini e cavalieri erranti provenienti da tutta Europa, sostavano per rifocillarsi, curarsi e apprendere l'antica arte dell'Alchimia e della distillazione quintessenziale dei fiori. Le sibille in questo erano maestre, gli spiegò Antina, e quel simbolo in particolare era legato alla magia e alle luci della montagna, alla capacità ancestrale che aveva la gente del luogo di vedere oltre le cose. «Questa capacità la possiedi anche tu» gli disse. «E in questa casa che vedi, anticamente, ci abitava mia madre» continuò, riferendosi a una donna che era vissuta almeno cinque secoli prima, perché la memoria di una sibilla è un flusso continuo che scardina i limiti di tempo e di spazio. Poi lo prese per mano e lo riportò a casa, dove aveva preparato una trota speziata con i profumi del bosco.

«Pochi giorni più tardi trovai anche il coraggio di chiederle di mia madre. Il resto lo conosci già. La scatola dei colori, la notte in cui ricominciai a disegnare.»

Quel simbolo l'aveva spinto a risalire in superficie. Ma qualcosa l'avrebbe sempre trattenuto in basso. «Sono un uomo cresciuto e allevato da donne» continuò, riprendendo a camminare verso la macchina. «Ho avuto una figlia femmina, e un unico grande amore, Pauline. Le donne costellano la mia vita da sempre e io non ho fatto che deluderle. Può esserci violenza anche nell'assenza, nella distrazione, in un silenzio. So di essere stato la causa principale dell'infelicità di tua madre e di non essere stato il padre che avresti desiderato al tuo fianco. È questa, oggi, la mia vita, la vedo riflessa in ognuna di queste finestre. Eppure l'ultima volta che ho visto quella pietra, che poi sarebbe diventata anche la mia scultura più importante, Pauline mi teneva per mano.»

Pauline si era innamorata di Oliviero cercando il suo segreto. «Ci s'innamora così, riconoscendo nella persona che amiamo le ombre che nessun altro può vedere, con la voglia di illuminarle, di farcele dare in dono.» Lei sapeva tutto, e non si stancava mai di scrutarlo, di ascoltarlo con amore. Mio padre credeva che gli sarebbe bastato, e che tutto quello che gli avevano insegnato lei e Antina sull'amore lo avrebbe salvato dalla violenza di cui si sentiva figlio.

«Qualche volta le persone che amiamo finiscono molto lontano» mi disse poi, un attimo prima di rientrare in macchina.

«E della loro assenza ci pesa soprattutto quello che non siamo riusciti a dire.»

Girai la chiave per accendere il motore. Mi domandai cosa ci fosse che Pauline ancora non sapeva dell'uomo che aveva amato per tutta la vita. Ma per quanto fossi curiosa, sentivo anche che ci sono degli spazi oltre i quali non si può andare, luoghi che non sono nostri e che non lo saranno mai.

Avevo voglia di abbracciarlo. Invece, ingranai la marcia e mi limitai a dirgli: «Sono sicura che saprà ancora ascoltarti».

Mentre Rocca si rimpiccioliva nello specchietto retrovisore, sentii la sua mano sopra la mia. Me la strinse appena un attimo, una leggera scossa, un paio di colpetti di rassicurazione. «Grazie» mi disse, dopo aver deglutito visibilmente. La voce come sospesa su una commozione che non apparteneva più a lui, ma al bambino che si stava lasciando alle spalle.

«Papà, lo sai che Mister Brady la notte si muove?»
«Ah sì? E cosa fa?»
«Solleva le orecchie, sorride e qualche volta si mette a volare.»
«E tu cosa fai quando lui vola?»
«Io lo guardo. Ma quando si avvicina alla finestra, gli chiedo di portarmi con sé.»
«E dove vorresti che ti portasse?»
«Dove ci sono tutti gli altri.»
«Tutti gli altri chi?»
«Poseidone, Afrodite, Ulisse. E dove ci sei anche tu.»

Tornammo a Foce per la seconda volta. Non sapevo più cosa augurarmi. Di certo non credevo che Pauline potesse risvegliarsi dopo tanti anni passati in quelle condizioni, per di più si era aggravata e poteva andarsene da un momento all'altro. E poi la sola idea che si potesse rimanere intrappolati e coscienti in un corpo che non risponde più ai nostri comandi mi metteva i brividi. Quanto alla visita di Nora, m'inquietava il pensiero che fosse davvero capace di parlare con le persone che dormono, di riuscire a «vederle» dentro. Eppure speravo che almeno agli occhi di mio padre ci riuscisse, che raggiungesse in tempo Pauline, per liberare entrambi da tutte le cose rimaste in sospeso.

Davanti al monumento della piazza di Foce, quell'accozzaglia di pietre mal assortite, nascosi le dita dentro le maniche della giacca e mi fermai. Volevo sedermi sulla panchina come l'ultima volta.

«Non vuoi venire?»

Gli occhi di mio padre erano pieni di premure. Pauline era di nuovo accanto a lui, ma quel giorno c'era spazio anche per me. La faccia di Nora era di nuovo lì, scolpita nella neve. Il paese sembrava ancora più deserto del giorno prima. Gli abitanti tenevano il gelo fuori dalle case, mentre dai camini il fumo saliva ondeggiante per confondersi nella foschia. Del sole, soltanto un alone dorato sopra le montagne. Tutto quello che sentivo era che non potevo spingermi oltre e che Nora doveva restare una sconosciuta.

«Lascia che continui a pensare che sono vostra figlia» gli dissi per rassicurarlo.

Mi guardava come se stesse cercando di mettermi a fuoco senza riuscirci. Prima di incamminarsi, si preoccupò che non avessi freddo. «Lo conosco bene il clima di queste parti. Ti toglie il fiato, ti stringe lo stomaco.»

«Sto bene, davvero.»

Esitava, continuava a guardarmi. «Nelle giornate come questa, ricordo che Antina mi diceva sempre di immaginare il sole, di pensare di avere un gran caldo.»

«E funzionava?»

«Qualche volta.»

«Difficile pensare di vedere il sole in un cielo come questo.»

«"Credi solo in quello che vedi" mi rimproverava Antina. "Il fatto che tu sia l'unico a vederlo non vuol dire che non esista".»

E poi s'incamminò lungo la strada che tagliava in due il paese.

Rimasi ancora una volta sola, seduta sulla panchina innevata, sopra la scritta in latino *Si non sedes is.*

Guardavo il cielo e non vedevo altro che bianco. Ero alle porte di un luogo abitato, ma c'era un silenzio opprimente intorno. A tratti avevo la sensazione che si animasse, che si sovrapponessero bisbigli, risate femminili, come se qualcuno mi stesse spiando. Eppure in giro non c'era nessuno, faceva troppo freddo, e le porte delle case erano chiuse.

Mi schiarii la gola, tanto per sentire un rumore qualunque, e poi ripresi in mano il cellulare.

C'erano due tacche sullo schermo. Telefonai a Paolo. Sapevo che non era con Cristina e che malediceva ogni secondo della mia assenza, ma come non accadeva da anni, avevo bisogno di sentire la sua voce. Speravo mi dicesse qualcosa che avrei potuto trasformare o abbellire nella mia testa. Una cosa qualsiasi, capace di darci ancora un senso.

Invece mi rispose nervoso, come sempre: «Sto facendo la spesa».

Forse non era mai entrato da solo in un supermercato da quando ci eravamo sposati, se non per piccole commissioni precisamente annotate su un foglio. «Non so se mancano proprio tutte le cose di cui ho bisogno o se sto cercando nel posto sbagliato…» mi diceva. «Non trovo niente.»

Cercai di fargli da navigatore tra scaffali e corsie. Sembrava rivendicare la sua goffaggine, la necessità di farsi guidare. Quando infine riuscì a riempire il carrello, mi ringraziò. Parlammo per qualche secondo di Cristina. Poi concluse facendo prendere al discorso una piega del tutto imprevista: «Quando torni?». Il tono era quasi implorante, non più intimidatorio come nelle telefonate precedenti. «Lo so che sono tante le cose di cui dovremmo parlare… Se puoi, vieni presto.»

Ripensai all'ultima volta che avevamo spinto insieme un carrello al centro commerciale, Paolo che cercava di prendermi la mano, io che la sfilavo per allungarla su un prodotto qualunque. Quand'era successo che avevamo smesso di darci una possibilità? Di usare l'immaginazione per finire insieme da qualche altra parte?

Ricominciò a nevicare. Foce ricordava uno di quei souvenir con piccoli paesi racchiusi nella palla di vetro. Mio padre non tornava, e se ci stava mettendo così tanto, forse era perché in casa di Nora stava succedendo qualcosa.

Ferma sulla panchina ad aspettare, la immaginai mentre mimava il suo viaggio davanti a mio padre. Mi chiedevo quale tragitto potesse seguire una persona in grado di fare visite a distanza, in che modo avrebbe raggiunto Grenoble, se a piedi o magari planando, dopo un lungo volo a bordo di una scopa.

In ogni caso, per arrivare con la mente fino a un luogo così lontano, una persona dovrebbe avere la capacità di visualizzare una strada che non ha mai percorso, credere di vedere cose che in verità non ha mai visto.

Nella mia attesa, all'orizzonte le montagne si confondevano nel cielo bianco di foschia, le nuvole ne mangiavano i contorni e le rocce grigie, che spuntavano nella neve, sembravano grandi cicatrici sul pallido incarnato di un volto. Chiusi gli occhi e immaginai di sollevarmi in aria e di ergermi al di sopra dei tetti, fino alla cima della Sibilla, e poi di sorvolare il percorso che mi aveva condotta fin lì.

In un attimo raggiunsi Rocca, con i suoi tetti spioventi, i comignoli fumanti, lasciandomi trasportare dalla stessa felice vertigine che hanno i bambini quando sognano di essere invisibili. Mi spinsi oltre, fino alla chiesa di Santa Maria in Casalicchio, con il giardino allestito per il banchetto in onore del santo che di lì a breve si sarebbe consumato. Poco più avanti la processione si stava riversando lenta sulla strada. Tra quelle teste indistinte riconoscevo adulti, bambini. C'erano i cavalli, come nei loro racconti del giorno prima. E Tomer era tra loro, ma quasi fermo, come una pietra di fiume intrappolata nella corrente.

La neve continuava a scendere e a imbiancare ogni cosa, mentre io mi allontanavo da quei luoghi di montagna per raggiungere le colline, sempre in volo, sopra fazzoletti di terra coltivati, lunghi sterrati, laghi di erba e di neve sciolta, case e piccoli palazzi. E a un tratto comparve la statale, senza più neve, i tralicci, le macchine, che viste da lassù potevano sembrare giocattoli. All'orizzonte scorgevo il mare, quieto sotto i raggi del sole. E come un aereo che segue la sua rotta, virai puntando alla costa, sorvolando altipiani, vitigni, campi di granturco e di girasole. Tutto scorreva veloce sotto di me: le autostrade, il brulicare dei centri abitati con i loro panni stesi ad asciugare, le antenne, i negozi.

In breve superai il confine e raggiunsi la Francia. Passai sopra le Alpi, ripensando alle carte geografiche appese alle lavagne di scuola. Vedevo le catene rocciose come quei disegni in rilievo, bianchi e marroni, che a schiacciarli avrebbero fatto rumore. Rimestavo in un serbatoio di immagini viste al cinema o alla televisione. A Grenoble non c'ero mai stata, ma sapevo che era a ridosso delle montagne, non troppo distante dal confine. Atterrai su una città elegante e malinconica. Mi muovevo come nei sogni. I contorni delle case e dei passanti erano imprecisi, sfuocati, le proporzioni saltate. Bastava un passo per cambiare scenario, per ritrovarsi di colpo davanti all'entrata di un ospedale.

Nella struttura dove era ricoverata Pauline, c'era la statua del fondatore al centro dello slargo, innanzi alla sbarra dell'ingresso, e una grande quercia subito dopo, a destra della scalinata centrale. Aveva da poco smesso di piovere e ogni rumore era enfatizzato: le suole sull'asfalto bagnato, il frusciare dei vestiti, il cigolare delle porte. Salii scale immaginarie che sembravano non finire più, e afferrai la prima maniglia a caso di un ampio corridoio allagato di luce, dove medici e infermieri correvano avanti e indietro senza curarsi di me.

La stanza di Pauline era bianca, grande, e lei una creatura celestiale seduta sul bordo di un letto. Mi aspettava, come se sapesse che stavo arrivando. Era giovane e ancora bellissima. Non aveva la faccia gonfia, da malata, e non c'era nessun sondino ad alimentarla, ad aiutarla a respirare. Mi avvicinai, mi salutò con un sorriso.

All'inizio del viaggio era soltanto un nome, il volto di una giovane donna che abitava l'unico disegno in cui mio padre aveva usato dei colori. Con il tempo aveva assunto le forme di un corpo, un movimento, e ora anche una voce. Una voce che mi parlava, cercando di descrivermi la sua condizione: un'immobilità fisica, ma non dell'anima.

Mi raccontava di come era ancora capace di sentire le carezze di mio padre, i suoi massaggi sul corpo, la musica che le faceva ascoltare, le storie che le raccontava ogni giorno. Lui non l'aveva mai lasciata sola, nemmeno nell'assenza di tutti quegli anni trascorsi lontani. Mentre parlava, a poco a poco vedevo i suoi contorni sbiadire in una figura sempre più evanescente e al tempo stesso più vera, che mi attraeva a sé come una madre. Una femminilità trascesa, rassicurante. La gelosia che nutrivo nei suoi confronti lasciava il posto a una stretta leggera nel petto che piano piano allentava la sua presa. Era come se ci fosse qualcosa tra me e lei, un passaggio segreto, un'intesa. Allungò una mano sul mio viso per accarezzarlo. Un tocco che mi fece vibrare, quasi un messaggio, che però non avevo gli strumenti per decifrare. Pauline non era più un corpo vivo, ma aveva addosso l'odore dell'infanzia, delle mele rosa nella taverna di Tomer, della piccola bottega nella piazza di Montemonaco. Dell'amore di mio padre.

Soltanto in quel momento mi accorsi che alle nostre spalle c'era Nora. Pauline le fece cenno di aspettare ancora un istante. L'anziana donna aveva i capelli bianchi che ondeggiavano nell'aria, proprio come nei miei sogni. Era in ginocchio sul pavimento con la naturalezza di un fachiro, le giunture che affondavano nelle lastre di marmo bianco come sulla morbida inconsistenza di una nuvola.

All'inizio non ci guardava, era concentrata sui suoi spettri. Stava pregando, sembrava all'ascolto di qualcosa che io e Pauline non potevamo sentire. Poi sollevò gli occhi e li posò su di me. Erano due fessure azzurre attraverso le quali si poteva vedere il cielo. Non avevo più paura di lei, ma mi feci da parte, perché era arrivato il momento della visita. Doveva controllare gli organi interni di Pauline, capire se c'erano strappi insanabili oppure speranze. Mi chiesi come avrebbe fatto a entrare dentro di lei, a contare i suoi globuli rossi, ad attraversare gli anfratti di un cervello sedato. E mentre me lo domandavo, Nora le fece aprire la bocca, usando un cucchiaio. Uno strano cucchiaio a un'occhiata più attenta, con un campanellino sul manico, come quello che aveva la signora Minù del cartone animato. Come la fatina nel disegno di mia figlia. Pauline aprì una mano in attesa di ricevere qualcosa, come se dovesse cadere dal cielo e lei fosse lì pronta a raccoglierla. Poi Nora scosse il cucchiaio e diventò piccolissima, per cadere sul palmo della sua mano.

Finalmente sapevo come avrebbe fatto a entrare nel corpo di Pauline. Nello stesso modo in cui avrebbe fatto la signora Minù se qualcuno l'avesse accolta nella bocca.

Senza paura, Pauline la lasciò entrare e richiuse le labbra. Si lasciava esplorare e intanto mi sorrideva. Finché il suo viso, la stanza, tutto cominciò a sbiadirsi e a confondersi nel paesaggio di neve dove tornavo a immergermi.

Riaprii gli occhi, e Foce era di nuovo davanti a me, al centro della piccola palla di vetro che sembrava racchiuderla, tra i fiocchi che continuavano a cadere.

Faceva freddo, ma non lo sentivo più. Ero quasi accaldata. Quando mio padre tornò al monumento, invece, sembrava pallido e infreddolito. «Allora?» gli chiesi. «Come è andata?»

«Non mi sento bene.»

Diceva di avere crampi allo stomaco e aveva fretta di tornare alla macchina.

Lo seguii nella neve senza chiedere altro. Voleva ripartire subito. La fine della sua storia era scritta in quell'urgenza improvvisa, nei suoi occhi di nuovo distanti.

Nel primo tratto del ritorno in macchina, si sentiva solo lo stridio monotono del tergicristalli sul parabrezza, il trotto regolare delle catene strette intorno alle ruote che attraversavano la neve. Riscendevamo a valle, verso Roccafluvione, lasciandoci Montemonaco alle spalle e procedendo lungo la piccola strada a tornanti in mezzo alle montagne che avevo visto dall'alto, durante il volo immaginario che mi aveva portato a Grenoble. Mi chiedevo cosa fosse stato. Un sogno a occhi aperti? Mi ero lasciata influenzare da quello che sapevo su Nora e Pauline al punto da riuscire a vederle così nitidamente?

Aveva smesso di nevicare, ma il campo visivo era ancora ridotto a una mezzaluna incorniciata sul parabrezza dai cristalli induriti. Ci saremmo portati quella neve fino a casa. Un po' di quel mondo incontaminato tornava con noi.

«Si può sapere cosa ti ha detto Nora?»

Solo a quel punto si voltò, lentamente, e mi rispose: «Dice di averla visitata». Aveva un sorriso stanco, quasi sarcastico. «Nel luogo dove i corpi diventano trasparenti... Sì, tutte quelle cose di cui sentivo parlare quando ero bambino. E dice che Pauline non prova alcun dolore. È sospesa da tempo in un'altra dimensione, nell'attesa di lasciarmi. Ormai manca poco. A suo dire, è una questione di giorni.»

Nei suoi occhi non c'era soltanto la delusione data dalla certezza che lei non ce l'avrebbe fatta. Il sarcasmo che animava l'espressione del suo viso riguardava Nora. Il loro ultimo incontro lo aveva in qualche modo deluso. Cominciava ad affiorare lo scetticismo rancoroso di chi non si era sentito dire ciò che voleva.

Stavamo seguendo una strada che correva parallela al corso di un fiume. Mio padre guardava fuori: tra i fusti dei faggi e degli abeti innevati spuntavano anche dei pini che si rincorrevano lungo le sponde imbiancate. D'improvviso diventò rosso in faccia. Mi afferrò un gomito e me lo strinse forte, chiedendomi di fermare la macchina.

Inchiodai davanti a una piccola chiesa. Uscì fuori di corsa, per raggiungere il primo albero. Teneva una mano sulla corteccia e l'altra appoggiata a un ginocchio per mantenersi in equilibrio, e intanto vomitava. Un liquido scuro che veniva fuori in spruzzi violenti.

Gli corsi dietro cercando di aiutarlo. Ma mi fece cenno di lasciarlo stare, finché non si liberò del tutto. Poi procedette di qualche passo in direzione del fiume. Era esausto. Ansimava come un pesce appena tirato fuori dall'acqua. Si accasciò sulla neve, a pochi metri dalla sponda. Si teneva la testa tra le mani e cercava di riprendere fiato, espirando in soffi lenti e prolungati. I pantaloni di velluto si stavano inzuppando.

Mi sedetti accanto a lui, sapendo che mi sarei bagnata anch'io. Gli toccai la fronte per controllare che non gli fosse tornata la febbre.

«Va meglio.»

La sua voce scomparve dietro a un sospiro.

«Così prendi freddo» gli dissi. «Torniamo in macchina, ti stai bagnando tutto» gli stringevo la sciarpa intorno al collo.

«Sto bene.»

«No, non stai bene. E finisce che ti prendi un accidente.»

Si voltò a guardarmi: «Non mi prenderà nessun accidente» mi assicurò, con un sorriso malfermo. «Non è questo il mio giorno fortunato.»

Gli accarezzai le guance. Lui mi fermò la mano, stringendola tra le dita. Mi guardava come se avesse avuto bisogno di un abbraccio.

«Almeno sei riuscito a chiederle quello che volevi» mi limitai a ricordargli, ritraendo la mano e liberandola dalla sua presa.

Ma lui mi rispose con amarezza: «Nora, la mia sibilla che non sapeva mentire, mi ha raccontato solo una bellissima, efficace bugia».

«Cosa vuoi dire?»

«Mi ha detto un sacco di balle, Viola» affondava le mani nel cuscino di neve sopra il quale eravamo seduti. «Certo, sapeva cose solo nostre, persino che la chiamo Galatea e che gioco spesso con le sue dita intrecciandole, come fanno le fate dei Sibillini con le criniere dei cavalli. E se non fossi stato abbastanza accorto, ti giuro che le avrei creduto. Ma avevi ragione tu, è ridicolo, non si può parlare con chi non appartiene più a questo mondo.»

«Come lo sai?»

«Tanti passi falsi, che un bambino non saprebbe riconoscere, ma un adulto sì.»

Guardava il fiume, come se fosse un mare con un orizzonte da esplorare.

«Sei arrabbiato?»

«No. So che l'ha fatto solo perché sperava di aiutarmi. Anche se oggi la mia infanzia ha perso un po' della sua magia.»

Non si voltò. Raccolse una manciata di neve con le dita per lanciarla verso il fiume. «C'è una verità in tutto quello che mi ha detto» aggiunse. «Una verità con cui faccio i conti da tempo.»

«Quale?»

«La donna distesa su quel letto non è più lei. Pauline se ne è andata quattro anni fa.»

S'infilò una manciata di neve in bocca, chiuse le labbra e gli occhi. Eravamo lì, seduti davanti a un fiume e al tempo stesso sospesi in uno spazio senza coordinate. Finiva tutto così, con una bugia. Un amore che non sarebbe mai tornato e mio padre che si chiudeva nuovamente nel suo mondo indecifrabile.

Di colpo avevo paura che tornasse quel silenzio durato anni e che ora mi sembrava insopportabile.

Mi venne in mente un giorno a Bruges, quando stavamo per perdere l'aereo del ritorno e aveva lasciato passare il tempo con indolenza, dimenticando persino di farmi mangiare. Eravamo seduti su una panchina davanti a un canale. Lui guardava scorrere la vita in quella meravigliosa città, ma senza prestarle attenzione. «Dobbiamo andare, papà.» Ero solo una bambina, ma avevo dovuto indicargli la fermata dei taxi, il bar, il gate dopo il check-in, ridestarlo di continuo da quelle ripetute assenze. Ora sapevo dove se ne andava con la mente. Da quegli anni in avanti lo avrei atteso tutta una vita senza immaginare che, se lo avessi ritrovato, non avrei mai smesso di indicargli una direzione.

Anche quel giorno lo riportai in macchina. Gli porsi un pacco di fazzoletti, lo aiutai a ripulirsi. Poi riavviai il motore. Non ero più arrabbiata con lui, come quando eravamo partiti. In quei pochi giorni ero tornata a sentirlo vicino, a tratti lo avevo visto persino smarrito. Non avevo più voglia di ferirlo. Non era mai stato così distante come in quel momento dalla figura eroica e irraggiungibile della mia infanzia. Aveva un'aura di vulnerabilità adesso. Non era più Apollo, ma il Minotauro prigioniero nel labirinto di Cnosso.

«Che farai ora? Torni a Grenoble?»

Recuperò un barlume di lucidità per dirmi: «Devo vendere lo studio e sistemare alcune questioni. Contavo di passare ancora un po' di tempo con te. Vorrei conoscere Cristina».

Non ero preparata alla semplicità di quella resa. Sapevo di voler dimenticare le cose che mi avevano fatto soffrire e trattenere solo le parti più belle dei nostri ricordi. Potevo riaccoglierlo nella mia vita, presentarlo a mia figlia, ma avevo paura di non esserne capace, o che potesse sparire di nuovo, anche con lei.

Avevamo bagnato i sedili, la macchina era un cimitero di fazzoletti sporchi e appallottolati. Montemonaco era acqua di neve che si asciugava sui vestiti. Ne rimaneva un alone, la sensazione di freddo, di pulito.

Glielo chiesi senza pensare alle conseguenze: «Perché non le hai creduto?».

«A chi?»

«A Nora. Che cosa ha sbagliato?»

Era l'ultimo tassello, l'ultima cosa che mi avrebbe confessato riguardo a quel viaggio. «Avrei potuto anche crederle» mi disse «se non mi avesse detto che a Grenoble Pauline non era sola nella sua stanza. Se mi avesse detto che c'era Lorain, sua nipote, o il dottor de Saussure, sarebbe stato tutto ancora verosimile.

Invece, immaginando che fossi sua figlia, ha pensato bene di dirmi che c'eri tu in quella stanza seduta sul letto con lei. Ed è stato questo il suo passo falso, perché io non le avevo detto che tu eri a Foce con me, che mi stavi aspettando fuori. E che neanche l'hai mai conosciuta Pauline.»

La sua risposta mi sconvolse. Mentre guidavo avevo come l'impressione che tutto intorno a me si stesse sgretolando, che le strade si sbriciolassero al nostro passaggio. Caddi in un gelido mutismo. Era spuntato il sole, come lo avevo visto riflettersi sul mare durante quello strano volo immaginario fino a Grenoble. La Salaria tagliava i campi proprio come li avevo visti poco prima, i paesi, le montagne, le colline. Continuavo a chiedermi come tutto quello che avevo appena vissuto fosse possibile.

Dopo qualche curva lui chiuse gli occhi e si addormentò.

Sembrava una statua di cera. Dormiva immobile, il respiro pesante. La fronte pallida e lucida. Mi lasciò guidare da sola per quasi tutto il viaggio e fu un bene, perché avevo bisogno di scacciare via il panico che le parole di Nora mi avevano trasmesso. E all'improvviso lo percepivo come il Caronte che mi aveva traghettato in quel mondo di anime sconosciute, come Nora, Antina, Pauline. Donne che non avevo mai conosciuto e che pure erano già così vive nella mia mente da riuscire a confondere la percezione di ciò che era reale con ciò che non poteva esserlo.

Si svegliò poco prima del casello, sfregandosi gli occhi e chiedendomi scusa.

«Non scusarti.»

«Invece sì. Ho dormito tutto il tempo, quando avrei solo voluto parlare con te.»

Arrivederci, diceva la voce elettronica dopo aver risputato fuori la sua carta di credito.

«Ci saranno altre occasioni.»

Aveva sempre avuto un radar per captare ogni distorsione della mia voce, e anche quel giorno capì che la mia era una frase di circostanza, dovuta forse all'impaccio di non sapere bene da dove ripartire, ma anche alla paura per qualcosa che sentivo di non poter condividere.

«Mi chiami in questi giorni?» mi chiese.

«D'accordo.»

Aveva gli occhi arrossati, deglutiva nervosamente.

Eravamo in periferia, di là dal finestrino scorrevano condomini, viali, palazzi, cavalcavia, semafori, tram. Tornavamo al trambusto di cemento, alle ciminiere, ai giardini spelacchiati, senza più foglie, con i bambini intabarrati nei loro passeggini. Seguivo la strada che portava al suo studio, pensando a tutte le volte che eravamo tornati insieme dopo una gita, una visita a un museo, un piccolo viaggio. Misurai la solitudine che stavo lasciando sulla sua faccia sospesa, esitante.

Fermai la macchina proprio davanti al portone.

«Vuoi salire su un momento?»

«Sono molto stanca, davvero. E a casa mi aspettano.»

Uscì dalla macchina, ma rimase in piedi a guardarmi.

Mi resi conto che se non lo avessi abbracciato avrei finito per rimpiangerlo, ma non riuscivo a muovermi, l'ansia mi teneva inchiodata al volante. Così lo lasciai sotto il portone. Spinsi il piede sull'acceleratore, guidai veloce, oltrepassando semafori rossi, prendendo le curve strette. Parcheggiai la macchina ad angolo, nell'incrocio. Corsi fino al portone e mi attaccai al citofono.

«Sali.»

Era la voce di Paolo. Salii in fretta le scale, mi precipitai davanti alla porta.

Quando venne ad aprirmi, avevo il fiatone, i capelli spettinati, le calosce sporche, i pantaloni sgualciti per la neve che mi si era asciugata addosso.

«Ma che ti è successo?»

Lo superai senza nemmeno rispondergli. Dietro di lui c'era Cristina, lo sguardo intimidito, una bambola stretta tra le dita scarabocchiate di pennarello. La abbracciai, la respirai, travolgendola di baci, e mentre Paolo richiudeva la porta mi voltai indietro verso il pianerottolo, per dare un ultimo sguardo a ciò che rimaneva là fuori. Ed era vuoto. Ero tornata al mio piccolo mondo. Ero al sicuro.

Per il resto della giornata mi tenni occupata, cercando di non pensare.

La casa era in disordine, ma ancora intera. Nel lavello c'erano piatti e bicchieri. Il frigorifero mezzo vuoto. Mi sembrava tutto fuori posto. Arrangiai una cena.

Paolo aveva subito rivendicato per sé il divano. Aveva un'aria sfiancata, di chi passa il testimone in una staffetta. L'entusiasmo era tutto in quel crollare tra i cuscini, riappropriarsi di un telecomando.

Cristina non mi lasciava la mano, mi mostrava i suoi giocattoli, mi chiedeva della fata Minù.

Fui evasiva, le dissi solo che viveva in una grotta tra le montagne e che non era riuscita ad aiutarmi a trovare la lista dei desideri.

«Ma tu dove l'hai messa?»
Mi guardava con gli occhi spalancati, fiduciosi.
«Non lo so, amore. Non me lo ricordo più.»

Cercai di dissimulare l'agitazione tornando a quei gesti che negli ultimi tempi erano diventati così vuoti e meccanici. Feci un bagno caldo. Avevo tutte le comodità in quella nostra casa-alveare, uguale a tutte le case dei nostri vicini, con i suoi arredi da catalogo, le sue piante moribonde, il riscaldamento condominiale. Così diversa dal rifugio di Tomer.

Non avevo voglia di disfare la borsa, proprio io che in genere non avevo mai avuto un buon rapporto con le valigie e che sistemavo sempre tutto negli armadi con l'urgenza di ritrovare ogni cosa al suo posto. Ma la borsa che mi aveva accompagnato in quel weekend era ancora lì, in un angolo della stanza, a suggerirmi l'ipotesi che potevo ancora risalire in macchina e andarmene via.

A tavola Paolo mi chiese di raccontargli del viaggio. Feci un racconto succinto, sorvolai sulle cose essenziali. Non riuscivo a scrollarmi via lo smarrimento che le parole di Nora mi avevano lasciato addosso. *Credendo che fossi sua figlia, ha pensato bene di dirmi che c'eri tu nella stanza con lei...* Mi attraversavano la pelle come un brivido continuo e impercettibile.

Mi chiese anche come stava mio padre, che cosa aveva fatto durante quell'assenza durata anni. Fui vaga nelle mie risposte, dissi che non era stato bene e che si era trasferito in Provenza, dove gestiva un ritrovo per artisti. Era la prima volta che parlavamo apertamente di lui davanti a Cristina, lei aveva sempre chiamato «nonno» il compagno di mia madre. «Io ho tre nonni?» chiese dopo una breve riflessione, così insolita per una bambina della sua età.

Paolo cercava di mascherare la diffidenza che aveva sempre nutrito nei confronti di mio padre: «È un artista importante» le disse. «Solo che non vive qui, vive lontano.»

«E quando lo vedo?»

«Quanto tempo rimarrà ancora in città?» mi chiese.

«Deve sistemare un po' di cose, forse ne avrà ancora per un po'.»

«Che bello, che bello! Allora mi fa anche un sacco di regali! Per tutti i compleanni che non l'ho visto» disse esultante Cristina, mentre batteva le sue manine come se fosse salita su una giostra al luna park.

«Vogliamo invitarlo da qualche parte?» propose Paolo.

Mi sorrideva. Stava cercando di darmi una dimostrazione della sua sensibilità, dell'impegno che ci avrebbe messo per far funzionare le cose. Annuii, ricambiando il sorriso.

Misi a letto Cristina, le rimboccai le coperte.

«Mi racconti della fata Minù nella grotta?»

«Non c'è molto altro da dire» le risposi, tirando fuori il libro di Pinocchio. «Ti leggo questo. Vuoi?»

Sembrava delusa. Dopo una breve pausa in cui aveva abbracciato il cuscino, tornò a guardarmi e mi chiese: «Com'è nonno? Bello?».

Mi tornò in mente il suo viso giovane, gli occhi neri e allungati che mi sorridevano mentre raccontava una delle sue storie. «Bellissimo» le risposi, e le diedi piano un bacio sulla fronte.

«Di quelli vecchi vecchissimi con la barba bianca e il bastone per camminare?» sussurrò mentre l'eccitazione stava lasciando posto al sonno.

«Ora dormi.» Socchiusi la porta e tornai di là a sparecchiare la tavola, a sciacquare i piatti per impilarli nella lavastoviglie.

Paolo era al computer a finire di riorganizzare il lavoro che aveva lasciato indietro. Tutto tornava alla normalità, come un cuore che riprende a pulsare.

Più tardi, nel letto, Paolo mi cercò. Era impacciato. Non accadeva da troppo tempo, ma era come se sapesse che era necessario.

«Sono qui» mi diceva.

Mi sdraiai sul suo corpo avvertendone gli spigoli. Eravamo a disagio. Ci baciammo e accarezzammo, pur rimanendo distanti.

Cercammo rifugio in un abbraccio scomodo e prolungato, e rimanemmo fermi, senza andare avanti. Prendevamo tempo, davamo la colpa alla stanchezza. Finché non accese il televisore sulla mensola di fronte e il vociare di attori sconosciuti colò sul nostro silenzio senza riuscire a riempirlo. Luci azzurrognole e ondeggianti animavano il bianco delle pareti e del soffitto, davano una forma al buio.

Sdraiata su quel letto che era stato nostro per tanti anni, accanto all'uomo che avevo sposato e che avevo scelto come padre dei miei figli, in ogni caso sentivo una realtà cui potevo e dovevo aggrapparmi.

In quel momento ripensai alla vita delle donne come Antina, Clara, Nora. Ai ritmi scanditi dalla natura: dar da mangiare alle bestie, tagliare la legna e sradicare i ceppi, che d'inverno affondano nella terra ghiacciata. Ero chiamata anch'io a qualcosa di concreto. Più innaturale, meno spontaneo. Funzionale, forse. Ma era la mia vita.

Atlante fu condannato da Zeus a tenere sulle spalle l'intera volta celeste. Il giorno dopo, mentre camminavo tra gli scomparti del supermercato spingendo un carrello vuoto, mi tornò in mente l'espressione del Titano nella raffigurazione del Guercino. Se mi fossi vista dall'esterno con lucidità, mi sarei riconosciuta in quello sguardo. Atlante ero io, e la mia volta celeste quegli scaffali pieni di scatole, buste, cartoni. Sulle mie spalle, il banco dei salumi, dei latticini, delle carni. Stavo tenendo anche mia madre, che mi camminava a fianco, e naturalmente Cristina, che saltellava qualche metro più avanti. A piegarmi il collo e a schiacciarmi la fronte, anche il peso delle casse lì in fondo e le persone che attendevano il loro turno vicino all'ingresso. Le lampade modulari sul soffitto, il soffitto stesso, le vetrate, le scale mobili, l'intero centro commerciale. Erano tornati i giorni in cui ogni cosa di questo mondo sembrava gravare sulle mie spalle. E intanto tenevo lontane dalla mente le figure che disturbavano i miei sonni, mio padre, Nora, Tomer, Pauline, e tutto quello che avevo lasciato di me tra quelle montagne.

Mia madre aveva l'aria annoiata, smarrita in un piumino di almeno due taglie più grandi, anche se fuori, forse per via dello smog, c'era un caldo insolito per una giornata di gennaio. Cercavo la frutta secca e non riuscivo a trovarla. Nel supermercato, qualche giorno prima, avevano spostato tutti i prodotti. Lei mi stava aiutando in quella ricerca.

Di papà mi aveva chiesto solo: «Ma almeno sta bene?».

Si teneva alla larga da qualunque altro discorso che lo riguardasse, come se alla curiosità e all'urgenza iniziale avesse fatto seguito un disinteresse imposto. Di quei nostri giorni insieme non aveva voluto conoscere altro. Le bastava sapermi di nuovo a casa, e che lui non stava morendo.

«Non hai mai avuto la curiosità di visitare Montemonaco?» a un tratto le domandai.

Si voltò a guardarmi: «Tuo padre non mi ci ha mai portato. Non credo abbia avuto un'infanzia felice e io non ho mai insistito per ricordargliela».

Non disse altro.

Si può legare la propria vita a qualcuno che ci rimarrà per sempre estraneo. Fino a quel momento non l'avevo creduto possibile.

E poi mi passò per la mente un altro pensiero, fissando i piccoli occhi di mia madre che pur perlustrando gli scaffali sembravano assenti. Pensai a quanto raccontano di noi i luoghi che eleggiamo come nostri, persino quando non ci accorgiamo di quanto poco ci corrispondano. Mia madre aveva venduto la casa del nonno per trasferirsi nell'appartamento spoglio del compagno, irrigidito dai pesanti mobili scuri che lui, a sua volta, aveva ereditato. Non possedeva più neanche un quadro, un quadro decente, dopo aver promosso l'arte per anni e averla esportata in ogni parte del paese, prima che la galleria chiudesse i battenti. Mi chiedevo dove fosse finito il suo buon gusto, o se si fosse mai davvero appassionata al lavoro che faceva, il lavoro che le aveva permesso d'innamorarsi di mio padre, di condurre una vita mondana e irregolare, di frequentare gente di ogni tipo, o se lavorare nel mondo dell'arte non fosse stato per lei solo una cosa come un'altra, un percorso già tracciato da suo padre che si era semplicemente limitata a seguire. Non potevo non guardarla con occhi diversi alla luce di tutto quello che mio padre mi aveva raccontato. Non potevo fare a meno di chiedermi se non avesse indossato la sua vita come quel giorno stava indossando il suo piumino lungo, senza riempirla tutta, preoccupata più delle stagioni che delle effettive condizioni del tempo.

Trovammo la frutta secca sopra il banco dei surgelati. Non le dissi che l'avrei offerta a papà quella sera stessa, mi guardai bene dall'informarla che l'avevamo invitato a cena.

Aveva chiamato proprio quella mattina. Al telefono aveva risposto Paolo e lo aveva invitato a venire a trovarci, con un tono di voce esageratamente cortese.

«Eccola qui.» Mia madre prese la marca che era in offerta e lasciò cadere la confezione di mandorle sgusciate nel carrello.

Su quello scaffale mi sembravano fuori posto. Non c'entravano nulla con i prodotti intorno. In quel momento una ragazza ci passò accanto, con le cuffie ficcate nelle orecchie, la testa piena di chissà quale canzone; raccoglieva surgelati con gesti automatici: minestroni, piatti pronti da infilare nel microonde. Poco più in là, una signora anziana inforcava gli occhiali per controllare la data di scadenza di un barattolo di mele sciroppate. C'era un brusio, ma nessun dialogo distinguibile. Ci avviammo alla cassa, ci mettemmo in fila. Non solo i prodotti, anche le persone mi sembravano fuori posto, come nelle fotografie che avevo sfogliato quella stessa mattina. Una festa di compleanno. Sorrisi affettati, abbracci. Lo avevo detto a Laura, in un commento ad alta voce: «Hai mai stampato la foto di qualcuno che ti sembrasse al posto giusto?».

«Quel bambino, il festeggiato. Guarda come sorride.»

«Non conta» le avevo risposto. «I bambini non contano, ce lo siamo sempre dette.»

Mi erano ritornate in mente le parole di Tomer: «Il disagio è in chi fotografa, non in chi è fotografato». Già. Davvero potevamo rendere infelici gli altri attraverso il nostro sguardo? Pensavo alle sue fotografie, al bambino che si lanciava nel fiume e alla luce delle sue montagne. All'odore di legna e mele che riempiva il rifugio.

Mentre pagavo, mia madre richiamava Cristina; voleva delle caramelle, insisteva per farsele comprare, e si placò soltanto quando ottenne il suo piccolo trofeo di carta lucida e colorata. A quel punto afferrai anche due pacchi di patatine fritte al formaggio, quelle su cui di solito ponevo il veto, la prova inconfutabile del mondo a cui appartenevo.

A casa, Paolo era rintanato nel suo angolo. Stava lavorando. Cristina gli corse incontro, andò a stanarlo.

Misi la cena sul fuoco. Dopo qualche minuto lui venne a salutarmi con un bacio sulla nuca. Mi chiese se avevo bisogno di aiuto. Gli risposi di no, apprezzando comunque il gesto. Si versò un succo di frutta, lo bevve in fretta e lasciò il bicchiere sporco nel lavello e il cartone del succo aperto fuori dal frigorifero. Poi tornò nel suo cubicolo, a digitare davanti al monitor azzurrino del computer. Dalla cucina gli lanciai uno sguardo spento, di rimprovero, che si trasformò subito in un'invadenza. Per un attimo, incontrando la sua faccia, mi sembrò di spiarlo. E mi sentii quasi a disagio; come se non avessi più il diritto di farlo, di avanzare pretese. Strizzai forte la spugnetta tra le dita e cercai di scacciare via quell'immagine: Cristina che gli parlava e lui che si sforzava di sorriderle, ma con gli occhi stanchi e la gola gonfia di un magone silenzioso. I capelli pettinati da un lato, gli occhiali sottili. Sembrava stesse fissando il vuoto come se non fosse propriamente vuoto, ma pieno di numeri e di fogli da compilare.

Aspettammo mio padre fino alle nove.

«Non è possibile, gli è successo qualcosa.»

Paolo era calmo, ma bastava il mio nervosismo a rovinare la tavola apparecchiata con il servizio giallo della lista di nozze, l'arrosto che si stava freddando.

L'euforia di Cristina al pensiero di conoscere il terzo nonno aveva lasciato il posto a un lamento noioso. Era esausta, indispettita, dovevo metterla a letto.

Quando suonò il telefono, fu Paolo a rispondere. Ero in camera a rimboccare le coperte alla bambina, e sentii appena il brusio della sua voce. Paolo mi spiegò che Oliviero non si era sentito bene e che gli aveva promesso di passare in un altro momento.

Avevo voglia di gridare, d'insultarlo, ma il commento di Paolo «È un film che ho già visto tante volte» e la sua faccia pervasa da una sottile soddisfazione m'impedirono di dare sfogo alle mie emozioni.

Eppure Paolo a tavola cercò di consolarmi, prendendomi la mano. Mi versava il vino, si complimentava con me per come mi era venuto il sugo. Era stato così anche nei giorni che avevano seguito il matrimonio e la nascita della bambina, quando rispondevo alla stretta della sua mano, sentendomi salva.

Sparecchiò lui e si sforzò di riordinare la cucina. Quando voleva, sapeva essere molto meno approssimativo, pulire con cura, usare le mie stesse piccole accortezze, anche se quella sera io avrei lasciato tutto in balìa del disordine.

Mi andai a sedere davanti al televisore, cercai di accenderlo con il telecomando, ma erano scariche le pile che Paolo si dimenticava puntualmente di sostituire. Insistevo lo stesso premendo più volte il tasto d'accensione. Speravo di vederlo reagire, qualche volta da scarico funzionava ugualmente. Intanto fissavo lo schermo nero, che rimandava la mia figura seduta sul divano, il solito maglione largo, i capelli senza un verso.

Finché Paolo non lo accese direttamente dall'apparecchio. Si venne a sedere accanto a me, e mi sorpresi a provare un sentimento nuovo. Una sorta di tenera, malinconica assoluzione. Per me stessa, per Paolo, per quella nostra vita insieme. Avrei voluto promettergli fiducia, pomi aurei, come Atlante fece con Eracle nel giardino delle Esperidi. «Vado di là a prepararmi per la nostra notte» avrei voluto dirgli. «Tienimi un secondo tutto questo peso, questa casa, questo mondo. Tienilo solo un secondo, giuro che torno.»

Se solo avessi potuto lasciarlo così, da solo a sorreggere l'intera volta celeste. Almeno per una volta. Almeno per un giorno.

Neanche quella notte riuscii a dormire. C'era di nuovo Nora nei miei sogni. Mi svegliai di soprassalto con la sensazione di soffocare. Paolo non se ne accorse, continuava a dormire.

Era un martedì, e quel giorno avrei cominciato il lavoro alle due per restare fino alle dieci al centro commerciale. Toccava a me andare a prendere Cristina all'asilo a mezzogiorno.

Nell'aula comune, dove di solito giocavano i bambini, ne erano rimasti due e mia figlia non c'era. La maestra mi venne incontro con un sorriso agitato.

«Cristina è di là, nell'altra aula» mi avvisò. «Stamattina è venuto il nonno a trovarla. Voleva stare un po' con lei. Ha anche intrattenuto gli altri bambini e li ha fatti giocare con il pongo.»

In un primo momento mi venne in mente il padre di Paolo. Ma in quel caso l'entusiasmo della maestra Giovanna sarebbe stato sproporzionato. Avevamo frequentato la stessa scuola, conosceva mio padre solo di fama. L'eccitazione per averlo finalmente incontrato e addirittura ospitato nella sua classe per qualche ora sembrava aver fugato qualsiasi dubbio riguardo a quel nonno assente, che non si era mai visto e di cui nessuno sembrava voler parlare. A sorprenderla, invece, era di certo il mio disappunto.

Raggiunsi in fretta la stanza in fondo, ma prima di entrare mi fermai un istante davanti al vetro della porta. Mio padre stava disegnando su una piccola lavagna, seduto sulla miniatura di una sedia, e intanto con il braccio faceva dei cerchi in aria, come a mimare qualcosa di molto divertente. In quel contrasto di proporzioni, era goffo, tenero e innocuo. Cristina rideva, seduta sulla sedia di fronte, le manine raccolte sul grembo. Sentii una rabbia ottusa mista a preoccupazione montarmi nel petto.

Entrando, portai il silenzio. Mio padre si fermò, il sorriso gli si spense sul volto. Dovevo avere una faccia molto seria. Lui invece sembrava spaesato, come un intruso, qualcuno che è stato appena sorpreso durante un furto.

Cristina mi venne incontro con gli occhi pieni di meraviglia. «Nonno disegna benissimo!»

C'era un fumetto sulla lavagna, un bambino con il suo pupazzo vestito da supereroe. Era molto bello.

Non volevo fare scenate davanti a mia figlia. «Ti abbiamo aspettato fino alle nove ieri sera» mi limitai a fargli notare con insofferenza.

«Non mi sono sentito bene.»

«Potevi avvisare, Cristina di solito dorme a quell'ora.»

«Mi dispiace.»

Era una nuova versione di lui, come un software aggiornato dopo un black out: rallentato, esitante, ma sempre pronto a trovare una giustificazione. Non aveva più la sfrontatezza di un tempo, ma dietro quel corpo smagrito, la faccia pallida, gli occhi liquidi, c'era sempre lo stesso latitante egoista che mi aveva raggirato per vent'anni.

«Cristina, vieni. Andiamo a casa.»

«No, io voglio stare qui!»

Si avvicinò al nonno, gli strinse la mano. Conoscevo bene quel bisogno, quella fascinazione, e la temevo.

«È tardi, devi mangiare.»

«Potete venire a pranzo da me, nello studio» propose lui, quasi timidamente. «C'è una cosa che vorrei farti vedere.»

«Sì! Io vado col nonno numero tre» gridava Cristina, saltellando.

«Da quando in qua prepari da mangiare?»

«Ho del pane e del prosciutto.»

«A casa c'è il minestrone già pronto e l'arrosto avanzato di ieri sera.»

Sospirò, abbassando le spalle.

Mentre lo fissavo, Cristina si lamentava del minestrone e smaniava per andare dal quel nonno nuovo di zecca, con una vocina petulante che mi dava sui nervi. La riportai a me con uno strattone e un'ostinazione esagerata. «Ora si va a casa.»

Ero riuscita a farla piangere, ma non me ne curai. Gliela sfilai da sotto gli occhi prima ancora che riuscissero a scambiarsi un abbraccio, e la trascinai lungo il corridoio, con l'andatura marziale, piena di risentimento.

Pensai a mio padre a intermittenza per il resto della giornata. Ero stata troppo caparbia, impulsiva. Non avevo più quindici anni. Non potevo umiliarlo così per una cena mancata. Anche se per una vita aveva cercato la libertà nella solitudine, ritirandosi, chiudendo rapporti, perdendo numeri di telefono e negandosi persino a sua figlia, a un uomo che aveva vissuto gli ultimi quattro anni in un limbo di dolore e recriminazioni potevo anche concedere delle attenuanti.

Quando tornai a casa dopo il lavoro, mi lasciai cadere sul letto. Era tardi e Paolo si era addormentato davanti alla televisione. L'occhio mi cadde sulla valigia vicino all'armadio che da due giorni rimandavo di disfare. Distrattamente la aprii, e subito una folata dell'odore inconfondibile del rifugio m'investì. Quell'aroma acre e dolciastro di legna sul fuoco e di mele lasciate a essiccare. Poi mi balzò agli occhi il pacchetto che mio padre mi aveva mostrato in macchina mentre guidavo, e del quale mi ero completamente dimenticata.

Lo scartai sentendomi ancora più in colpa.

Sotto la carta opaca spuntò una superficie rigida, a fiorellini rosa. Era il quaderno che avevo sfogliato quel pomeriggio nell'erboristeria di Montemonaco. Lo accompagnava un piccolo biglietto.

«Mi ha ricordato il tuo quaderno magico. Papà.»

Con lo sguardo offuscato dalle lacrime e la gola stretta in un magone, uscii di corsa dall'appartamento e guidai fino al suo studio.

Il palazzo a quell'ora sembrava deserto. Le luci delle finestre erano quasi tutte spente. Scese ad aprirmi il portone perché era rotto il citofono.

Sorrideva, impacciato, contento di rivedermi.

«Volevo scusarmi per oggi.»

«Non devi. Ho provato a chiamarti a casa ma non c'eri. Vieni, sali.»

Aveva le mani impolverate e c'erano tracce di gesso sui pantaloni. Mi chiesi se proprio in quei giorni non avesse ripreso a scolpire.

L'ascensore era l'enorme montacarichi dove giocavo da bambina, con le ante che si aprivano in verticale e le pareti di cemento che scorrevano lente durante la salita, mostrando scritte e scarabocchi di ogni tipo, gli stessi di vent'anni prima.

Riconobbi qualche disegno che era nostro. Non l'avevo notato l'ultima volta, ma c'era anche il sole che avevamo colorato insieme di rosso. Mi venne da sorridere, riflettendo sul fatto che in fondo anche quello poteva essere considerato un esempio di uso del colore nella sua carriera artistica.

Rimanemmo in silenzio, pensavo alle molte cose che ci avevano unito.

Sotto la luce calda dei vecchi lampadari di cristallo appesi al soffitto, lo studio mi apparve più accogliente. Attraversai la stanza e mi accorsi subito che *Eikasia* era stesa a terra, sopra un lenzuolo. Una versione evoluta dell'incisione sulla monofora di Rocca, le luci che mio padre aveva visto nel bosco. Mi faceva tutt'altra impressione rivederla in quel momento.

Si era sporcato le mani e i pantaloni per tirarla giù dal muro. Ne aveva persino sbeccato un angolo, e c'era un po' di polvere di gesso sul parquet. M'innervosì il pensiero che mi avesse voluta lì per invitarmi ancora una volta a portarla via, ma il regalo che avevo trovato solo qualche minuto prima mi aveva resa più conciliante.

«Hai venduto lo studio e devi sgombrarlo?»

Andò a sedersi sul divano e si accese una sigaretta. Era passata poco più di una settimana dall'ultima volta che ero stata lì, e avevo davanti agli occhi un luogo completamente diverso. Non avrei saputo dire, però, se fosse cambiato qualcosa o il mio sguardo.

Anche Pauline ci guardava, dalla cornice del suo disegno.

«Non avevi smesso?» gli domandai, riferendomi al fumo.

«Questa casa mi fa tornare indietro nel tempo. Siediti, Viola» mi disse. «Devo chiudere il discorso.»

Sembrava un uccello pronto a volare lontano. L'aquila del mio sogno.

«Papà, non c'è bisogno...»

«Lasciami parlare, ti prego. Lo so di averti deluso. Hai smesso di essere bambina quando io ero distratto, e non sono riuscito a stare al passo.»

«Perché sei tornato?» gli chiesi allora.

«Perché avevo bisogno di raccontarmi all'unica persona che aveva diritto di conoscermi. E non ci sono riuscito prima.»

Spense la sigaretta sul posacenere. Incrociò le dita e accavallò le gambe, con l'eleganza che gli avevo sempre riconosciuto.

«Quando eri piccola, avevo paura di cambiarti. Eri così intera, perfetta.»

Continuò dicendo che non ero una bambina come le altre, avevo la saggezza delle anime antiche, e se lui non faceva che annaspare ogni giorno nel buio dei suoi conflitti, io avevo la luce negli occhi, tali e quali a quelli di mia nonna.

«I bambini sono come blocchi grezzi di materia» aggiunse. «C'è una perfezione nel loro essere incontaminati, un'incredibile potenzialità. Se uno scultore si fermasse a considerare la materia da quel punto di vista, verrebbe sopraffatto e non avrebbe più il coraggio di toccarla.»

Mentre parlava, i miei occhi erano fermi negli occhi di Pauline, proprio come quel giorno che avevo immaginato a Grenoble. Potevo confessargli che le parole di Nora non erano poi così infondate, perché in un certo senso c'ero davvero anch'io in quella stanza, ma non ero ancora pronta ad accettarlo. Pensavo solo a quanto tempo ci avesse messo lui a tornare, al fatto che avesse aspettato che lei non ci fosse più, e che quest'assenza doveva averlo fatto sentire per la prima volta solo al mondo. Le sue parole erano così in ritardo da darmi l'impressione di provenire da un'altra dimensione.

«Antina diceva sempre che nei tempi in cui viviamo i genitori dicono troppo di sé ai figli, senza dire mai veramente nulla.

Si parla troppo delle proprie emozioni, di comportamenti giusti o sbagliati, e nessuno più racconta la storia che c'è dietro. Ma sono le storie a dirci chi siamo e da dove veniamo. Sono le fiabe che ci curano.»

Poi si alzò e raggiunse *Eikasia*. La guardava dall'alto, come un padre che vigila benevolo sul proprio figlio.

«Perché l'hai tirata giù dal muro? Io non ne ho bisogno, te l'ho detto.»

«Lo so che non ne hai bisogno» mi rispose, allontanandosi verso il tavolo da lavoro.

Tirò fuori uno scalpello e si avvicinò di nuovo a *Eikasia*. S'inginocchiò, e passò una mano sopra le sfere di gesso. Le accarezzò. Come un gesto di addio, prima di distruggerle.

«Che stai facendo?»

Mi sembrava impazzito. Il gesso si sbriciolava sotto i suoi colpi, gli dicevo di smettere. Se voleva stupirmi con un effetto teatrale, c'era riuscito, ma non ne capivo il senso.

«Papà, smettila!»

Avevo cominciato a piangere, mi sembrava un gesto così crudele e insensato. Gli occhi di mio padre rimasero impassibili per tutto il tempo. *Eikasia* si stava sgretolando sotto i suoi colpi, con la facilità con la quale sarebbe crollato un castello di sabbia.

A un certo punto si fermò. Toglieva la polvere da qualcosa che era al suo interno, incastrato nel telaio.

Non lo riconobbi subito. All'inizio mi apparve come uno straccio di stoffa tutto arrotolato. Poi spuntò un lembo che assomigliava a una coda. Mentre le mani di mio padre lo liberavano dal ferro e dai residui di gesso, vidi il muso disegnato sulla stoffa.

Era Mister Brady. Impolverato, stropicciato, ma intatto. L'orsacchiotto della mia infanzia.

«Vuoi sapere perché rimpiango di non essere stato il padre che avresti meritato al tuo fianco?»

Annuii, avevo le lacrime agli occhi e forse la faccia paonazza.

«Ci ho messo una vita a capire che non sarei stato capace di creare niente di mio che potesse veramente stare al pari con te. Ti chiedo perdono per non essere mai riuscito a dirtelo.»

Nella sua scultura più importante, c'ero io. C'era la mia solitudine di bambina, il mio bisogno di protezione.

L'ultima notte nella nostra casa, mentre lo cercava sotto il letto per tranquillizzarmi, mi aveva detto che Mister Brady se ne sarebbe andato solo il giorno in cui mi sarei dimenticata di averlo. E che quel giorno sarei diventata grande.

In realtà non l'avevo mai dimenticato. Avevo semplicemente smesso di credergli. Con un gesto distratto, inconsapevole, lo avevo abbandonato da qualche parte.

Dall'infanzia non ci si può mai davvero separare, per alcuni è l'unica età della vita. Ma può accadere di perdersi in quella fase di passaggio, che non è più e non è ancora. E allora si resta come in bilico, in un limbo, dove le cose sono quelle che sono, prigioniere delle leggi ineluttabili della fisica e della chimica. Non si trasformano, non sono più materia plasmabile dello sguardo. Io avevo aperto gli occhi, avevo accolto la realtà come tangibile, immutabile. Ma non ero diventata grande. Mi ero persa.

Mio padre liberò il pupazzo dal gesso e si alzò, porgendomelo con la mano. Afferrai Mister Brady esterrefatta. Per qualche istante rimanemmo muti, piangendo.

Poi lui, con uno strattone, mi tirò verso di sé.

Ci abbandonammo ai singhiozzi. Il suo sterno vibrava a ogni colpo, e io lo stringevo forte, per tenerlo fermo.

Gli cercai le mani. Volevo accarezzarle un'altra volta. Volevo ritrovare quelle mani sporche di gesso che mi prendevano in braccio e mi facevano volare in aria quand'ero bambina.

Chiusi gli occhi.

Ed è stato come se la frammentarietà della mia vita, per un istante, si fosse ricomposta.

In quel lungo abbraccio con mio padre.

L'ultimo, e uno dei pochi, che ci siamo scambiati.

«Giochiamo al gioco che tu mi cerchi e io non ci sono?»
«Giochiamo.»
Viola chiudeva gli occhi.
Suo padre stava al gioco: «Dov'è la mia bambina?».
Viola teneva gli occhi chiusi, restava lì dov'era, ma era come se non ci fosse.
«Dove sei finita?»
Viola tratteneva il respiro, poi riapriva gli occhi. Guardava suo padre e diceva: «Eccomi. Sono tornata».

L'ULTIMA SIBILLA

È la luce del giorno a svegliarmi. Il cielo bianco delle sette. Bianco come la neve, senza nuvole e così brillante che quando sollevo gli occhi verso l'alto, provo sempre un leggero dolore.

Fuori, nel giardino, la primavera porta con sé l'odore dei sambuchi, delle ginestre, degli elicrisi e delle mele che cominciano con un fiore. Il verde riempie gli occhi. Lo stesso verde che coloravi quando eri bambino con la matita sul foglio da disegno.

«A volte le persone che amiamo finiscono molto lontano. Della loro assenza, ci pesa soprattutto quello che non siamo riusciti a dire.» Ora so che quando hai pronunciato queste parole, quel giorno a Rocca, non ti riferivi soltanto a Pauline. Non eravamo andati a Montemonaco per sperare di vederla riaprire gli occhi, ma ero finita così lontano da me stessa da non riuscire a capirlo. L'ho capito soltanto dopo che quei nostri giorni nei tuoi monti stavano preparando il mio risveglio.

Eccomi qui, a scolpirti con le parole come tu facevi con il gesso. Perché un figlio è come uno scultore. O un archeologo. Scavo, e mentre riporto i reperti alla luce riscrivo la nostra storia, la rendo più simile a come avrei voluto che fosse.

È da quasi un anno che lo faccio. Leggere e scrivere è sempre stato il mio modo di acquietarmi, e tu lo sapevi. Mentre scrivo, respiro la vita di questi luoghi percorsi dai passi svelti ed energici di donne che si tramandano il loro sapere di madre in figlia. Donne che ho conosciuto così, con le calze pesanti anche d'estate, vestite di nero anche se non sono in lutto, e che s'incontrano nella piazza, nelle giornate di bel tempo, e attendono i mariti che lasciano il paese per raggiungere le fabbriche; che educano i loro figli alla parola della montagna, il silenzio, insegnando loro a restare seduti immobili e a prenderci gusto, a sviluppare l'olfatto e a guardare là dove, apparentemente, non c'è nulla da vedere. Ad ascoltare con attenzione quando tutto sembra calmo.

In quei due giorni con te, il freddo, soprattutto quello che avevo dentro, m'impediva di vedere e di ascoltare questo mondo di cui siamo figli. Restavo fuori dalle porte, avevo fretta di andarmene. Forse la stessa fretta che avevi tu quando sei partito. Lo sai meglio di me, nella lontananza si trova un tempo interiore che è come un vortice, e arriva un momento in cui da quel vortice ti volti indietro, per ritrovare la calma da cui provieni.

Questo romanzo è la mia calma e la tua storia. La storia delle tue partenze e dei tuoi ritorni. Di quando sei passato a prendermi, per poi ripartire di nuovo.

Il tuo giorno fortunato è stato un 29 febbraio. Una data ballerina. Non ci guardavi più allo stesso modo. Lo facevi già con nostalgia da un luogo che non ti aveva mai fatto paura. Eri malato e non me lo avevi detto. Lo avevi scoperto un anno dopo l'incidente di Pauline. La prima volta ti sei curato perché avevi paura che se lei fosse tornata non ti avrebbe più trovato. Tu, che al contrario di Pauline non avevi fiducia nella medicina, ti sei lasciato aprire e tagliuzzare solo per timore di perderla di nuovo. Ma quando poi, neanche due anni dopo, il male si è ripresentato, lo hai lasciato fare, e si è espanso così velocemente da non lasciarti scampo.

Hai deciso di tenermi fuori dal dolore e dalla malattia come hai fatto con tutto il resto. E io non ho voluto vederlo, riconoscere l'odore delle persone che quel male se lo portano dentro, l'aceto che sentivo nell'aria ogni volta che ti avevo vicino, il colore della tua pelle, quel velo opaco che ti avvolgeva. Non mangiavi quasi nulla, ma io non prestavo attenzione. Non ho nemmeno voluto vedere, quel giorno vicino al fiume, le tracce di sangue che avevano colorato la neve. La marijuana ti serviva contro il dolore. Quella sera che io e Paolo ti avevamo aspettato per cena, eri stato male, e il giorno dopo, davanti all'asilo di Cristina, avrei potuto capirlo. «Nonno è stanco» mi aveva detto lei, di ritorno in macchina. L'istinto dei bambini.

È stato per via della malattia che hai atteso così a lungo prima di tornare. Nelle parole di Nora speravi solo di trovare una conferma di quello che già ti avevano ripetuto molte volte i dottori: che non c'erano più speranze. Non poteva risvegliarsi senza ritrovarti accanto. Volevi che anche lei se ne andasse via, ma non prima di averle parlato un'ultima volta. Non saprò mai cosa dicesti a Nora quel giorno, ma mi dà sollievo il pensiero che tu abbia avuto la meglio in quella corsa contro il tempo, e che alla fine io sia riuscita a dirti la verità. Nora non ti ha mai mentito. Perché c'ero anch'io in quella stanza a Grenoble con lei, anche se all'inizio ero troppo stordita per rendermene conto. Ma quel giorno, quando mi sono avvicinata al tuo viso stanco per confessartelo, tu ti eri già affacciato in quell'altrove che ti dava un'altra consapevolezza, e forse anche per questo le tue labbra si sono poi piegate nel sorriso più benevolo che io ricordi.

Ripenso spesso a Pauline, al suo lungo limbo, e alle parole che mi ha detto quel giorno a Grenoble. A volte ho come l'impressione che abbia atteso tutti quegli anni anche per me, per riuscire a parlarmi dal luogo delle «verità invisibili» come una madre in pena per il futuro della propria figlia.

Pochi giorni prima di quel 29 febbraio, Cristina ti ha portato dei palloncini colorati. Te li ha allungati sul letto. Mentre ci assestavamo in quella nuova oscurità, avevamo riempito di colori la tua stanza. Giocavate a fare il tè con la tazza che avevi lasciato vuota sul vassoio. «Mi sa che sei il nonno numero uno» aveva detto Cristina, mentre tu facevi finta di berlo.

Il male correva svelto, ti aveva mangiato anche le ossa. Mi hai chiesto di aprire la finestra. Perdevi parole, la tua voce era in bilico su pensieri arenati da qualche parte nel fondo. Quando hai chiuso gli occhi, sapevo che stavi scivolando via, senza opporre resistenza. Il tuo corpo no. Si è arreso una settimana più tardi. Ha continuato a combattere in quel coma di morfine come un bambino di montagna che non si arrende al buio e al freddo della notte.

Quel giorno è venuta anche la mamma. Per la prima volta ha superato l'orrore che da sempre nutre per gli ospedali – ancora più grande del rancore che nutriva nei tuoi confronti – ed è giunta fino al corridoio, per poi fermarsi fuori dalla porta.

Lo ha fatto per me. Quello che provava per te l'aveva sfiancata da tempo. L'attesa vana di una voce, di un passo. Chi mai vorrebbe amare qualcuno in quel modo? Non la compatisco e non la condanno per aver scelto di tenerti fuori fino all'ultimo, per averti odiato. E averci inflitto tutto quel rancore.

Quel giorno, le sue mani erano nervose, instancabili, annodava le dita come forse anche i pensieri. Un nodo che è rimasto chiuso e saldo anche dopo, al funerale, e a casa, seduta sul divano del mio salotto con Cristina in braccio.

Il tempo ha sempre riparato le cose. Ma in quei momenti la osservavo pensando che nel vostro caso non sarebbe servito a niente.

Nella solitudine delle notti che sono venute dopo, ho messo da parte ogni timore e ho fatto posto alle figure che mi avevano accompagnato fin lì, e che ancora mi parlavano di te, mi raccontavano la tua storia. Le ho accolte nello spazio della mia immaginazione, come inchiostro sulla pagina. E una specie di respiro mi si muoveva dentro. La consapevolezza di dover prendere una decisione. La vita che conoscevo si allontanava dentro uno specchietto retrovisore e tornavo ad avere fiducia nella capacità di ricominciare, di correggere il tiro. Sapevo che non farlo avrebbe significato restare immobile su una panchina ad aspettare fantasmi che non sarebbero più tornati. *Si non sedes is*, riportava la scritta sulla piazza di Foce. È un palindromo. L'ho scoperto di recente. Se letto al contrario, dice l'opposto: *si sedes non is*. Se siedi, non vai.

Sono partita con Cristina, prendendomi una pausa di qualche giorno. Avevo prenotato una camera nella Baita di Pilato, un agriturismo di Rocca. Non avevo voglia di vedere Tomer, di dirgli che non c'eri più, era un argomento che non riuscivo ad affrontare ancora con nessuno. Non sapevo se avesse appreso la notizia dai giornali, ma preferivo immaginarlo al riparo, nel suo mondo incontaminato. Tornavo alla Sibilla solo per trovare il coraggio di bussare finalmente a una porta.

Ho lasciato Cristina a giocare in albergo con una signora gentile che aveva quattro figli e stava preparando un ciambellone. Alla porta di Nora è venuta ad aprirmi una ragazza polacca, con lo sguardo dolce e i capelli raccolti dentro un fazzoletto di stoffa.

Mentre mi faceva strada lungo uno stretto corridoio di pietra, mi chiedevo cosa l'avesse condotta fin lì. Mi ha accompagnato fino alla sedia a dondolo dove Nora giaceva vicino al fuoco. Anche se non ci vedeva più molto bene, si è voltata a salutarmi chiamandomi per nome.

Era esattamente come l'avevo immaginata e sognata più volte. Esattamente la donna che avevo visto rimpicciolirsi nella stanza di Pauline. Gli occhi come fessure di cielo che guardano il mondo. A suo agio in un grembiule fiorato e scolorito, con la pesantezza nelle gambe e la leggerezza nell'animo. Mi ha sorriso e mi ha chiesto di avvicinarmi.

Non ero spaventata, e neanche sorpresa. Un senso d'improvvisa calma mi avvolgeva il petto e la testa. Avevo l'impressione di camminare su una superficie morbida e fluttuante, per ricongiungermi a qualcosa di sconosciuto eppure al tempo stesso essenziale.

Ho lasciato che mi prendesse le mani, e il contatto con la sua pelle ruvida è stato come un piccolo morso. Mi ha frugato i palmi con le dita, proprio come Antina doveva aver fatto con lei quando era ragazza. Avevo bisogno di sentire il suono della sua voce. Sapevo che erano tante le cose che aveva da dire.

Sebbene sia trascorso del tempo da quel nostro primo incontro, lei è ancora lì, e l'ascolto ogni volta sapendo che c'è tanta strada da percorrere per recuperare la memoria di chi è venuto prima di me. Non so come potrò essere d'aiuto a chi verrà un giorno a bussare alla mia porta. «Ti lascio il mio posto» mi ha detto Nora quel pomeriggio, spiegandomi che oggigiorno l'uomo rischia di perdere la percezione di sé, e che le diagnosi che va cercando la scienza non può offrirgliele. Nora mi dice anche che le mie mani sono aperte a palpiti che io ancora non comprendo e che non so governare. Così è la mia mente e la mia capacità di sentire. I gesti del risveglio sono lenti, confusi, cammino ancora in uno spazio di cui non conosco i confini, ma so che a occhi chiusi posso creare i colori. E so che cosa ho provato quando lei mi ha accolta per la prima volta in casa. Ero un frammento che andava a incastrarsi in un mosaico, i miei angoli combaciavano con i suoi. Senza saperlo, mi ero allontanata per poi camminare verso luoghi e persone che mi aspettavano da sempre.

Quello che è accaduto dopo è stato il gesto che consegue a un impulso del tutto naturale, come mangiare quando si ha fame o bere per dissetarsi: mentre guidavo di ritorno in città, non ero più Atlante, sentivo il peso della volta celeste a poco a poco alleggerirsi sopra le mie spalle. Avrei trovato il coraggio di lasciar cadere anche la mia vita, per poi raccoglierne i pezzi e finemente ricomporla.

Paolo non aveva mai creduto che potessi davvero andarmene, ancora all'ultimo sentivo il suo sguardo che voleva ammansirmi, riancorarmi alla realtà. Ma la stanchezza che avevo accumulato negli anni era una lente cannoidale e mi permetteva di scorgere il nostro futuro, vedere quello che non potevamo più essere. Le menzogne, soprattutto le menzogne in amore, richiedono chiarezza d'intenti. Si continua a stare insieme per un motivo valido, concreto; per i soldi, per i figli, per un mutuo. Dopo il nostro viaggio a Montemonaco, dopo la visita a Nora, dopo il contatto con una parte di me che avevo sempre tenuto soppressa, non sapevo più chi fossi davvero. E che cosa ci stessi a fare, ancora, accanto a quell'uomo così mite, premuroso, eppure così distante.

Era una distanza improvvisa e incolmabile la nostra, come lo sono sempre le distanze tra chi scopre di non amarsi più. Si va alla deriva lentamente, a volte per anni, fingendo che niente stia accadendo davvero, anche quando non è già più possibile toccarsi, finché un giorno accade qualcosa che ci fa prendere coscienza dell'inevitabile.

Qualsiasi cosa. Una parola, un gesto. Le mani di una vecchia donna che ti dice: «È questa casa tua».

E poi lo sapevi anche tu, in ogni caso non sarebbero stati i problemi economici il mio vero impedimento, non avevo bisogno di ricevere in eredità le tue opere, non le avrei mai vendute. «La nostra unica eredità è l'amore» diceva Ezra Pound. Ci hai tenuto nascoste dentro le tue sculture perché era questa l'arte per te: dare una forma a ciò che provavi, andare oltre ciò che si vede.

È quello che ho fatto io della mia vita poco dopo che te ne sei andato. Sono tornata al luogo che più mi corrisponde a questo mondo. Sono tornata all'Utero della Sibilla, senza ancora immaginare che lì mi avrebbe accolta un sentimento nuovo, in grado di aiutarmi a ricomporre i frammenti della mia vita. A riempirne d'oro tutte le fratture.

Ci sono separazioni che non indeboliscono gli affetti, e ritorni che hanno solo lo scopo di rinsaldarli.

Tomer non aveva preso parte al tuo funerale perché tu gli avevi chiesto di non farlo. Avevi voluto salutarlo a modo tuo, facendo finta che fosse un arrivederci invece che un addio. Niente lacrime tra uomini. Sapeva che eri malato, ne avevate parlato a lungo. Quella marijuana l'aveva piantata anche per te, per darti sollievo. Ecco il perché di quel lungo abbraccio che vi eravate scambiati davanti alla macchina prima di lasciarvi.

Con Tomer ci siamo ritrovati in un giorno di aprile. Sono scesa all'«Eremo delle rose» perché avevo bisogno di rivederlo. Sentivo che il nostro non era stato un incontro casuale, che Tomer non mi era capitato tra i passi, distrattamente, senza una ragione.

Mi ha accolto sulla porta con il suo sorriso eloquente, la camicia da boscaiolo e i ricci arruffati, come sempre. Io invece avevo i capelli più corti, un taglio sbarazzino, un paio di jeans attillati e una maglietta blu, scollata, finalmente della mia taglia. Non avevo più bisogno di nascondermi dietro indumenti larghi e sformati, né temevo ancora lo sguardo degli altri. Anzi, mi gustavo l'ammirazione che trapelava dagli occhi di Tomer come qualcosa che avevo atteso a lungo e che, semplicemente, meritavo.

Non era un caso se avevo lasciato passare il tempo della separazione e del trasloco prima di rivederlo. Avevo avuto bisogno di annodare i tempi e gli spazi della mia vita, in una sorta di preparazione all'avvenire.

Così gli ho detto che avevo affittato una casa a Montemonaco e che vivevo lì con Cristina da qualche tempo. Lavoravo nella bottega delle erbe officinali, il piccolo negozio folcloristico dove mi hai comprato il quaderno magico. Mi ha risposto che lo sapeva già, glielo aveva detto la vecchia Assunta, e che mi stava aspettando.

Poi ho tirato fuori una busta con dentro le calosce che mi aveva prestato. «Potrebbero servirti, se dovesse capitare da queste parti qualcuna della mia taglia.»

Abbiamo riso. E mi ha invitata a entrare, senza immaginare i miei pensieri, la speranza che nutrivo sull'ipotesi che non ci sarebbero state calosce di altre taglie nel suo rifugio per molto tempo.

Di quella giornata ricordo la sensazione di attesa. Un formicolio sul petto che saliva fino al collo, all'altezza della gola, quasi un solletico. C'era Cristina con noi. Abbiamo messo a bollire delle mele per preparare una marmellata e poi siamo andati fuori a raccogliere i fiori di biancospino. Io e Tomer ci scambiavamo sguardi, accenni di sorriso. Lui parlava in modo allusivo, mi prendeva in giro, diceva che avevo una luce diversa, pericolosa. E attraverso quegli sguardi sfuggenti, avevo la sensazione di vedermi per la prima volta. Raggiante, come non lo ero mai stata. Gli occhi di Tomer mi fanno questo effetto: si posano sulla parte più nuda di me, la più vulnerabile, e la vestono di bellezza.

A un certo punto, mentre l'ultima luce rosata di quel giorno d'inverno si riversava nelle finestre del rifugio, Cristina si è addormentata con la testa sulle mie ginocchia, eravamo seduti sul divano davanti al fuoco. Il primo bacio me l'ha rubato così, nel silenzio. Mi ha fermato le guance nelle mani approfittando del fatto che non potessi muovermi. Ma anche se avessi potuto, sarei rimasta ferma lo stesso. Stretta in quella presa, ero liquida e persa.

Le attese hanno il merito di sfumare i contorni, e l'amore, come mi dicesti tu una volta quando ero bambina, di capovolgere gli spazi. A discapito delle nostre differenze, quel giorno io e Tomer eravamo come nuvole, svaporati, immateriali, tanto che avremmo potuto mischiarci e confonderci, in un cielo limpido, senza punti di riferimento.

Sorrideresti, papà, vedendoci insieme. Non era il figlio che avresti voluto al mio posto, ora lo so. Forse quel primo giorno a Parigi, tra i banchi dell'Accademia, hai scorto tra i tanti allievi che avevi davanti il compagno che avresti desiderato di vedere al mio fianco.

Sorrideresti, papà, nel vedermi oggi. Oggi che ho conosciuto il senso d'irresponsabilità che sprigiona un sentimento come il nostro. Come il tuo. E che ho capito che l'amore è un equilibrio instabile, che oscilla tra libertà e compromesso, e che chi ama cammina potente e traballante lungo un sentiero sottile e sempre incerto, ma senza mai voltare lo sguardo a chiedersi quale altra strada avrebbe potuto prendere.

Oggi che ho capito perché, dall'immobilità di tutto il resto, tu sei sempre fuggito.

Tomer mi ha raccontato che, secondo alcune religioni, i genitori si scelgono ancor prima di nascere, e che i loro sbagli sono il terreno su cui ci costruiremo come persone. Negli anni non ho fatto che attribuirti responsabilità sulle mie mancanze, affetta da una miopia che m'impediva di cogliere, nei tuoi errori, le mie opportunità. Perdonarti è stato come rimetterci al mondo entrambi. Liberarti. Liberarmi. E tornare a splendere.

È stato Tomer per primo a portarmi sulla vetta della Sibilla, al confine con l'infinito. Nonostante le storie popolari si concentrino da sempre sull'universo sotterraneo che si nasconde dentro la sua leggendaria grotta, quel giorno il mio sguardo era tutto rivolto verso l'alto. Il vento portava con sé l'odore dei pascoli, delle primule e dei ginepri, e anche se salivamo, era come lasciarsi cadere.

Lo accompagno spesso lassù. Quando Paolo viene a prendere Cristina per trascorrere qualche giorno con lei, ci fermiamo anche a dormire e ci accampiamo con i sacchi a pelo sulle distese di erba che a un certo punto si ricoprono di rugiada. In quelle notti capisco perché Tomer non si stanchi mai di questi momenti. È come tornare bambini là in alto, senza colpe, sempre pronti al gioco e al sorriso.

Nell'«Eremo delle rose», sulle pareti della sua stanza, sono appese nuove fotografie. Rivedo i volti di molti abitanti di Montemonaco che oggi conosco. I loro occhi guardano l'obiettivo in modo così diverso da quelli che scrutavo nelle foto che mi passavano tra le mani quando lavoravo nel negozio di Laura, perché sono esattamente nel posto dove dovrebbero essere. Su quella parete ci siamo anche io e te, nella fotografia che ci scattò Tomer quel pomeriggio al negozio. Io ho ancora in mano il quaderno e tu lo guardi. È l'unica foto che ci ritrae insieme da adulti. Siamo in viaggio, e abbiamo fatto un gran bel pezzo di strada.

Quando vado a trovare Nora, mi fermo spesso a Rocca. La prima volta mi sono spinta fino alla casa che era di Antina. Ho salito le scale di pietra e ho bussato alla porta.

La donna che avevamo visto insieme quel giorno è la nuova inquilina. È stata così cortese e ospitale. Le ho detto che ero tua figlia. Ti conosceva. Tutti qui ti conoscono. Ma hanno sempre rispettato il tuo riserbo. Non hanno mai dimostrato invadenza, né hanno mai avuto bisogno di rivendicare il tuo successo come qualcosa che gli appartiene. È nel loro modo di stare al mondo.

Ho salito le scale di pietra che conducevano alla tua stanza, la stanza di mia nonna Clara. La donna mi ha invitato a entrare. C'era ancora il tuo murale sulla parete, quei segni di matita che sessant'anni prima avevano saputo cogliere l'essenziale, la paura e la miseria, l'attesa e lo scoramento.

E c'era anche una piccola targa di ottone, in basso a destra, che riportava il tuo nome.

Cristina adora il rifugio di Tomer. Quando veniamo a passare le giornate qui e lasciamo per un po' la casa di Montemonaco, diventa selvaggia. Le piace giocare in questo bosco, come a te quando eri bambino. Quando fa freddo e c'è la neve, ha scoperto la slitta, un modo semplice per esprimersi. Le piace anche correre nel frutteto ghiacciato, penetrare più a fondo le ultime ore di un pomeriggio d'inverno. Le mele rosa invece non le piacciono, niente da fare. Ma sarebbe ingenuo pensare ai figli come a un calco di noi stessi.

Cresce così in fretta. Guardo il tempo che le corre addosso e vorrei che rallentasse. Frequenta un asilo qui vicino, e tutte le mattine viene a prenderla un pulmino giallo. L'altro giorno è tornata con uno dei suoi disegni. C'è molto di te nel suo modo di arricciare le labbra e tirare fuori la lingua quando è impegnata in qualche creazione artistica.

Su quel foglio bianco era disegnata la nostra montagna, con tanto di grotta. C'erano Tomer, suo padre, un bambino e una fata vicino alla bocca della caverna. Tutto era disegnato con dovizia di particolari, una dovizia impressionante per la sua età. La fata aveva i miei colori, un cappello a cono e il cucchiaino con il campanello della signora Minù.

«E io dove sono?»

«Tu sei lei» mi ha risposto mia figlia, indicando la fata.

L'ho guardata, spalancando gli occhi per la meraviglia.

«E questo bambino chi è?»

«È Pinocchio.»

«Ma non l'hai fatto di legno.»

«No, perché questo è il continuo della favola.»

«E come continua?»

«Che viene fino alla grotta della Sibilla per chiedere alla fata di tornare burattino.»

Mi siedo spesso all'ombra dell'acero secolare sul retro della casa di Antina. Proprio sulla vecchia panca di legno dove lei e Nora discutevano a voce bassa. Per arrivarci, passo per la piccola strada sterrata che collega il fiume al paese, e mi fermo davanti alla monofora dove sono incise le luci che hai visto da bambino, il simbolo che t'ispirò la creazione di *Eikasia*.

Parlandomi di quelle luci, mi avevi spiegato il significato dei campi morfici, il sapere primordiale della natura. Un fiore esiste nella sua interezza già dalla sua prima cellula. Dall'invisibile procede il visibile, mi avevi detto, credendo che in quel simbolo fosse contenuto tutto il nostro destino.

Facciamo tutti parte di un disegno. Tomer, il suo rifugio, Nora, Pauline, tu e io. E mi piace pensare che a un certo punto della tua vita tu sia tornato a prendermi per riportarmi al mondo a cui appartengo. Per dare compiutezza al mio destino.

Ho letto che, secondo la teoria dei campi morfici, l'informazione, legata a una forma, esiste anche quando il corpo fisico scompare. Un fiore che viene strappato mantiene il suo essere in una dimensione parallela da dove può influenzare nuovamente la nostra realtà fisica.

Quando mi siedo sulla panchina di Antina, qualche volta

chiudo gli occhi, come quel giorno che ti attesi nella piazza di Foce. E immagino di sollevarmi in aria e di prendere il volo.

Non è un lungo volo. Oltre il Vettore, dopo il lago di Pilato, planando verso destra, superando laghi d'erba e strade sterrate, si scende fino alla piana di Castelluccio, i campi fioriti che compaiono nel tuo disegno.

Nella mia immaginazione è un'esplosione di colori. C'è anche la lavanda di Valensole e il cielo è un manto caravaggesco popolato dalle figure artistiche più care a te e a Pauline. Che sia un Ade, un Olimpo, io non saprei. So che a un certo punto non c'è più distinzione tra cielo e campi, ma un unico orizzonte, coloratissimo. Al centro del quale, ci siete voi. Giovani, innamorati. Felici.

Vi raggiungo immergendomi tra i colori e mi siedo lì con voi, per raccontarvi le storie della mia terra. Poi tu mi prendi le mani. Hai gli occhi lucidi, pieni d'incanto. E mi sussurri: «Abbi cura di splendere».

Non so se sia un sogno a occhi aperti quello che resta di te in questa dimensione, o il mondo oltre la vita. Ma alla fine di ogni viaggio, quando riapro gli occhi con il cuore colmo di gratitudine, mi riecheggiano le parole di nonna Antina quando diceva: «Credi solo in quello che vedi. Il fatto che tu sia l'unica persona a vederlo non vuol dire che non esista».

Ringraziamenti

Ringrazio in ordine sparso:

Alberto e Silvio Antognozzi, i proprietari della Cittadella dei Sibillini, che mi ha ospitato durante la stesura; Antonio Capponi della Baita di Pilato che mi ha fornito la sua personale «biblioteca»: i cui autori sono (sempre in ordine sparso) Anna Moretti, Lando Siliquini, Maria Luciana Buseghin, Claudio Censori, Luigi Paolucci, Sergio Santoni Witan, Paola Consolati, Annamaria Piscitelli, Giovanni Rocchi, Michele Sanvico, Paolo Aldo Rossi, e soprattutto Joyce Lussu. E poi ancora, tutti quelli che in un modo o nell'altro mi hanno sostenuta: Paolo Vandone, Romano Cordella, Cecilia Petrassi, Clara Lunardelli, Elisabeth Schipper, Paolo Taggi, Daniele Pontecorvo, Imelda Safawi, Lourdes Salcedo e Lorain Canonica. E, in modo particolare, Sofia Sepe.

Il personaggio di Oliviero non avrebbe avuto lo stesso spessore senza i preziosi consigli sul gesso del grande artista Oliviero Rainaldi.

Ringrazio in modo particolare anche una donna speciale, che preferisce restare nell'ombra, e che mi ha condotta nell'Utero della Sibilla, dove si trova la casa del suo grande amore, Angelo Mezzanotte, il fotografo di fama internazionale che trovò nella luce dei Sibillini la sua dimensione. Le sue «visioni» mi hanno tenuto compagnia durante il viaggio.

Un pensiero speciale va a Lucia Antognozzi e alla favola che sta scrivendo con l'aiuto di suo padre Silvio.

E a proposito di padri, il mio è l'uomo migliore che abbia mai conosciuto.

FSC
www.fsc.org
MISTO
Carta da fonti gestite
in maniera responsabile
FSC® C023532

Stampato presso Giunti Industrie Grafiche S.p.A.
Stabilimento di Prato